脊振山の赤い翼

―アンドレ・ジャピー機遭難記―

馬場　憲治

佐賀新聞社

この物語は実話に基づいた小説です。時と場所そして情景など細部にわたり事実に基づいて再現しています。

尚、救出時の登場人物はより現実感を出すために関係者の承諾を得て実名で書いています。

昭和11年11月、パリ、東京、１００時間耐久、賞金レースが行われました。

アンドレ・ジャピー氏の操縦するコードロン・ジムーン機はパリを出発して75時間、あと25時間の持ちタイムで九州に上陸、世界中の報道が、このまま一気に東京へ到達すると期待して見守ったのですが…

ジャピー氏の体は不眠不休のフライトで疲労が極限に到達していました。それに追い打ちをかけるように強烈な睡魔が襲って来ます。ガソリンも底をついています。しかも悪天候で、視界が遮《さえぎ》られる中、脊振山の複雑な地形と乱気流によって、じわりじわりと締めつけられ脊振山の山奥へと引きずりこまれて行きます。そして、最悪の事態が…

やがて救助に当たる山師たちは、真っ暗闇の中、６人でジャピー氏を担いでいますが、疲労と寒さで体が震え、歯をくいしばる力さえもう残っていません。しかし目だけはギラリと光っています。そして吐く白い息だけが立ち上り、生きている証《あかし》みたいな気がします。

急勾配の下りを進むのに、右先頭を担いでいる合田竹一の肩に負荷が一気にかかり、ついに右足の草鞋《わらじ》のひもが切れます。こんな山奥でです。片方素足になった足裏にトゲが刺さります。岩の上は刃物と同じでたちまち足の裏が血まみれになりました。しかし、この状況では、足場の良い所まで我慢するしかありません。

身を切るような氷雨の中をただひたすら、山師たちは脊振神社を目指したのでした。

出版にあたり

神埼市神埼町尾崎地区に在住の馬場憲治氏（馬場ボデー社長）が執筆された『脊振山の赤い翼　アンドレ・ジャピー機遭難記』が、ここに出版されることは、私にとって望外の喜びであります。あまねく神埼市民にとっても、特に脊振町の市民にあっては、この故アンドレ・ジャピー氏にかかる事象は地域の誇りであり、栄誉であり、未来永劫《ごう》、〃神埼市民の宝話〃として語り継がれるものであります。

馬場憲治氏が、此処に活字を通して「遭難と救助」のすがたを、当時のパノラマと大スペクタクルに再現し、想わせてくれる筆致は、感動と感動、そしてさらなる展開に心躍らせずにはおれないものです。一気に読み終えてしまいます。脊振の当時の人々の心情がよくわかり、今日にもその心が脈々とつながる脊振人の人情豊かさは、まさに合併した新市における自慢できる素晴らしい〝市の宝話〟であります。

この遭難救助が、神埼市とフランス・ボークール市との縁を結び、現に、神埼市とボークール市との国際交流が始まっていることは周知のことであり、今後、この交流がさらに発展し、こころとこころが融合し合って、相互に豊かな市としての永劫継続を希求するものです。

最後に、この書がいつまでも市民の友として愛読されることを期待し、祝意を伝えたい。

２０１６年７月吉日

佐賀県神埼市長　松　本　茂　幸

日本の読者の皆さまへ

アンドレ・ジャピーの日本への冒険飛行は、彼が意図したわけではありませんが、ボークール市と神埼（脊振）市が友好関係を築く端緒になりました。日仏両国民の友好関係は今後も更に助長され、育まれなければなりません。馬場さんはこの考えの熱烈な支持者です。並外れた発明家でもあります。数々の見事な作品を通じ、フランスへの愛情を示してくれました。

日出づる国のアンドレ・ジャピーの冒険物語は、航空機のパイオニアたちが、飛行の度ごとに命を賭して記録に挑戦していた頃の途方もない異常な出来事だったのです。私たちは彼等の冒険に対し、称賛を惜しみません。このことを、馬場さんや日仏友好関係がさらに発展することを願うすべての人たちと共感できることを本当に嬉しく思います。

フランス　ボークール市長　セドリック・ペラン上院議員

"L' aventure d' André Japy au Japon à, malgré lui, permit d' ouvrir une relation d' amitié entre Beaucourt et Kanzaki/Sefuri. L' amitié entre nos deux peoples doit être encouragéet entretenue. Monsieur Baba fait partie de ses passionnés, inventeur hors pair, il à, par ses réalisation, montré son amour de la France. Le récit de l' aventure d' André Japy au pays du soleil levant est l' histoire d' une formidable aventure en un temps ou les pionniers de l' aviation mettaient en jeu leur vie lors de chaque vol pour batter des records insensés !

Ils poussent notre admiration et je suis trés heureux de pouvoir partager cela avec Monsieur Baba et toutes celles et ceux qui souhaitent que nos échanges se développent."

Cédric PERRIN

Sénateur
Maire de Beaucourt

目次

第1章——ジャピー機墜落の巻

飛行機のパイロットたちに航空機の墓場と恐れられる脊振山。昭和１１年１１月、ジャピー機墜落の事故を皮切りに、昭和４６年４月、西日本新聞社のチャーター機墜落事故、搭乗者４人全員死亡。

さらには昭和６２年２月、海上保安庁のビーチクラフト機墜落事故、搭乗者５人全員死亡という痛ましい事故が起こりました。

同じ山で３度も繰り返された航空機墜落事故は、世界を見ても群を抜いています。そうした中でこれは、奇跡的に助かったフランス人パイロット、アンドレ・ジャピー氏と、救助に当たった脊振の山師たちとその子どもたちの壮絶なノンフィクション物語です。

〈ジャピー氏〉

墜落の衝撃で、アンドレ・ジャピー氏は額から鮮血が飛び散り、その血が顔をつたい服の胸へと流れ落ちていきます。薄れゆく意識の中、生まれ故郷の少年時代に遊び回ったふる里、スイスの山々、小高い山里のボークールの田舎村の家々、そして幼な友達の記憶が走馬灯のようにゆっくりと現われては流れながら消えて行きます。

お父さん「パパ」
お母さん「ママン」
兄さん「グラン　フレール」

さようなら「オ　ルヴォワール」

１９３０年代は、世界が冒険飛行に熱狂した時代でした。そのほとんどが、ヨーロッパからアフリカまでのレースで、飛行時間にして3時間から6時間位の大会でした。現在のエール・フランス航空にも見られるように、当時の飛行機大国はフランスでした。

その威信を賭けて行われたのが、東の「日出づる国・日本」まで、パリ→東京間1万5千km、１００時間にも及ぶ賞金レースでした。今の金額にして2億円の賞金です。成功すれば賞金の2億円と栄誉と名声が与えられ、その名は一躍全世界に知れ渡るのです。

フライトに命を懸けたとしても、十分過ぎる位の価値はあります。このレースには10機が勇ましく名乗りを上げました。でも主役は、ひときわ若くてバリバリのパイロット、アンドレ・ジャピー氏でした。

このレースで一番人気のジャピー氏が操縦したのが、フランス、コードロン・C―６３５シムーン機でした。このジャピー氏の片腕とも言える愛機について説明します。

全長8・7m、全幅10・4m、総重量1600kg、搭載エンジン総排気量7850cc。4人乗りの機体を1人乗りにし、残り3人分の座席には、すべてガソリンタンクを固定して、3800kmの航続距離を更に延ばすように改造されました。またコクピット横のバインダー付きデスクには、夜間でもはっきりと分かる地図とコンパスがあって、計測スケールを当てられるよう、散光形とスポット型の2個のペンダント型照明灯がルーフに取り付けられていました。これにより、計器と地図のみによる夜通しの夜間飛行が可能になるのです。

航空機の中で一番カッコいいコクピットの正面計器類を説明します。

飛行機はいろいろな飛行条件と変化の多い環境の中で運行されますから、計器自体に最大の信頼性が要求されます。速い速度で動く飛行機ですので、しっかりとした訓練と経験が必要です。自動車よりも多くの計器がズラリ並んでいるのを、速い飛行速度の中で、すべての計器類を確認しなければなりません。

次に計器の説明をします。高度計、対気速度計、昇降計、磁気コンパス、定針儀、水平儀、旋回傾斜計、エンジン計器、吸気圧力計、回転計、シリンダー温度計、燃料流量計、燃料圧力計、滑油温度計、滑油圧力計、気化器吸気温度計、燃料圧力や滑油圧力が急激に低下したときに警告を与える警報灯と警報音、燃料量計、電圧計、電流計、油圧計が整然と並んでいます。

すべてが、パイロットの見やすい位置にあり、磁気コンパスその他の計器に悪影響を及ぼさないように、計器板や計器の取り付けネジは非磁性材料のアルミニウム合金で作られています。計器板は、シリコンや断熱材を使用し、エンジンや機体からの振動、ノイズ熱などをしっかり遮断《しゃだん》するように設計されています。これら20個の計器がエンジンの始動とともに、一斉に動き出すときは、感動がこみ上げてきます。20個の計器はすべて違った動きをします。夜のフライトとなれば、感動と興奮はなお一層高まります。

ここで読者のあなたに、夜間飛行の感動をお届けします。夜間飛行の感動といったら、真っ先に思い浮かぶのがFMラジオ午前0時スタートの「ジェット・ストリーム」でしょう。あの名曲「ミスターロンリー」のメロディーが流れ、城達也氏のナレーション……出来れば「ミスターロンリー」の曲を思い出し、口ずさみながら、このナレーションを出来るだけゆっくりと読んでください。

「遠い地平線が消えて、深々とした夜の闇に心を休めるとき、はるか雲海の上を音もなく流れ去る気流は、たゆみない宇宙の営みを告げている。満天の星をいただく、果てしない光の海を、豊かに流れゆく風に心を開けば、きらめく星座の物語も聞こえてくる。夜のしじまの、何と饒舌《じょうぜつ》なことでしょう。光と影の境に消えていった、はるかな地平線もまぶたに浮かんで参ります」

……「ミスターロンリー」のメロディーの余韻を感じながら……。

いよいよ迎えたスタートの日。朝はあいにくの雨です。雨は夕方まで降り続き、夜になってやっと止みました。天候の回復を待っていたジャピー氏は、昭和11年11月15

日、午後11時46分、パリのル・ブルージュ空港をゆっくりと離陸します。深夜だったので、関係者のみの見送りで出発です。夜間のため、計器類と地図、コンパス、スケールに加え、飛行士の勘が頼りです。

ジャピー氏は、新進気鋭の若手パイロットです。鋭い勘が働きます。もちろん体力も、気力も、根性も十分にあります。ジャピー氏が飛び立つ少し前、懸賞飛行で何度も栄光を手にしたベテランパイロットのドレーを含む8機の飛行機が、雨が止むのを待ちきれず、勇ましく賞金と栄光を目指してスタートしたのでした。

参加した10機のうち5機が東京への最短コース、シベリア経由で飛び立ったのですが、この年は9月末に初氷が張るほど寒波が早く訪れました。11月ともなれば、吹雪が強く、広大で奥深いシベリア山脈が連なるソ連領域内で、飛び立った5機すべてが消息不明となります。

他方、南回りの3人のパイロットたちはインド・ガンジス川流域のアラハバッド辺りで、モーレツな砂嵐に遭って、大苦戦を強いられます。大体、飛行機のパイロットはこのようなとき、上空へ上空へと逃げる傾向があるのですが、砂嵐は煙と同じで、これまた2、3000m位まで舞い上がります。結果的に逃げ切れずエンジンの気化器、キャブレター、エアークリーナーなどが砂で詰まってしまい、墜落するのです。

一番の名飛行士と評判の高かったドレーも、見事なフライトテクニックで辛うじて不時着し一命をとりとめたのですが、ベトナム・モンケイ辺りで力尽きて無念のリタイアです。車のサファリラリーやパリ・ダカールラリーなどで、砂嵐が来た時は、逃げないで砂嵐に向かって行けと言われます。そうすれば嵐から抜け出られるのですが、砂嵐を背にして走ると、その砂嵐に追いかけられることになっていつまでも抜けきれません。

アンドレ・ジャピー氏は少年時代、父親が資産家で実業家でもあったため、よく外国の国々、特にフランスの植民地を父のガイドと詳しい説明による教育を受けながら見聞して回っていたのです。その時、やはり砂嵐も経験していましたので、このレースの時、的確に方向を変えて回避したのです。少年時代の父親との旅行が、役立つ経験となりました。多分ジャピー少年はその時、砂嵐についての話も十分に聞いていたと思われます。

残るは、ジャピー氏ただ一人。フランス政府からも、大きな期待がかかります。そして、全世界のマスコミの注目を一身に受けながら、ジャピー氏は地球の自転をしっかりと頭に叩き込みます。まず、東方へ飛行角度が整った時、コンパスをマイナス6度に設定します。今までの競争飛行は、地球縦周りで、ほとんどヨーロッパ―アフリカ間でしたので、地球の自転には関係ありません。計算通り飛行できます。しかし今度は、東洋、しかも日付変更線に向かっての飛行。それに海流が最も激しい東支那海、南支那海、その上空は常に強い風が舞っています。さらに距離もいちばん長いのです。

ジャピー氏の行程表では、「パリ↓ダマスカス↓カラチ↓アラハバッド（インドの北部）↓ハノイ↓ホンコン↓東京」の6行程表が計画されていました。パリをスタートしてからホンコンまでは予定通りだったと思われます。なにせ予想タイムがピッタシの56時間の設定のところ、結果は55時間46分のタイム。見事です。とにかくすべてが順調、まさにパイロットの理想の基本フライト。航空用語で言うオンコース・オンタイムそのものでした。6行程のうち5行程を消化した時点で、55時間46分。最後の1行程を残して残り45時間の持ちタイムです。いよいよ期待が高まります。

ラストステージのホンコン出発の時、「他の9機すべてがリタイヤしました。残るは、若いジャピー氏だけだ」と伝えられ、それで本人もいよいよ最後のステージへと気合が入ります。

しかし、南支那海、東支那海はくせ者です。まず魚がよく捕れる海は、常に漁師たちに「命がけの海域」と言われるように、海流が激しくぶつかったり。大きくうねったりと、海面は物静かに見えますが、実はすごいエネルギーがぶつかっている所なのです。

その上空も、やはり海水の動きを受けて嵐のような乱気流。北方より南方への突風が吹き荒れて、ジャピー氏もここで一気に向かい風に押しまくられるのです。かつて体験したことのない乱気流にもみくちゃにもまれるのです。ジャピー氏にすれば、全くの未知の領域だったと思います。これまでの飛行とは全く違う感覚です。機体もグラグラ揺れまくり、速度も全く上がらず、ただ、エンジン、スロットルだけが、「ウオン、ウオン」と、うなりを上げるばかりの、苦しい苦しい飛行が続くのでした。

ジャピー氏のコードロン・シムーン機は木製でしたので、とても浮力があって軽いので、まさに水の上でも、空の上でも原理としては同じで、それゆえに乱気流に弱かったと思われます。天候のいい穏やかな日の飛行であったら、最高の「遊覧飛行」が出来ます。しかし浮力が大きい分、風のあおりをまともに受けるのです。今はまさに木の葉が風に舞うような感じ、と言っても過言ではありません。ただジャピー氏の飛行コントロール・テクニックで何とか乗り切っていました。

ガソリンを予想の４倍以上消費し、なおも海上をフラフラと風に押され、あおられながらも、エンジン全開、スロットル・バルブ全開です。機体のブレは一層激しく、その振動でスロットル・レバーを握っているジャピー氏の手は、次第にシビレてくるのです。

乱気流による下降によって、一気に100m～150m位高度が落ちます。エレベーターのズンとくる感じ程度のものではありません。まさに胃を突き上げるような衝撃を感じます。おまけに横風の乱気流で思い切り振られる時などは、体の血液が体半分の方向へ寄ってしまうほどです。

読者の方で、小学校や中学校の時、掃除の時間にバケツに水を半分位入れてグルグル振り回したら、水がこぼれ落ちない体験をされたと思いますが、あれがGです。これが自分の頭、顔、体などで右半分の方か、左半分の方へ血液が流れてしまうのですから、普通の人なら気絶してしまいます。

さながら洗濯機の中に入れられた状態と言えるでしょう。ジャピー氏は左に右に何度もGがかかり、頭痛、吐き気を催します。タラリと鼻血も出て来ました。しかし、この大変な状況の中でもしっかりと先を見つめ、必死にレバーを握るしかありません。

エンジン全開でもなかなか進行速度が取れず、加えてガソリンもかなり消費して残り少なくなっています。加えて機体の各部分の継手がギシギシとひずむ音を立てています。

飛行機はまさに悲鳴を上げ、きしみ音が至る所から出ています。主翼も上へ下へ、右へ左へとバウンドが激しさを増します。強い風が前から来たり、上から来たり、あるいは下から吹き上げたり、真横から来たり、斜め後方から来たりと、全く予想のつかない突風が吹きつけてくるのです。

垂直尾翼も横風が強く当たり、進行中のハンドルを取られます。自動車でいう「ケツが振られる」状態が続くのです。強い突風のすさまじい風力や、風圧、それに怒り狂う風の音が、飛行帽子のヘッドギアを通して、耳に恐ろしく聞こえます。風の音だけでもすごい恐怖感です。

強風で機体をうまくコントロール出来ない中、ジャピー氏は風に押されつつも必死で東支那海の大海原でただ一人、大自然の猛威を受けるのです。

これまでスロットル・レバーを全開にして進まなかった事はありません。眼下は真っ白な荒れ狂う高波が激しくぶつかり合って、高い水しぶきを上げています。ところどころ海の青黒さが見え、まるで地獄の中に引き込まれるような感じになります。

この辺りは水深８００ｍから１３００ｍの深海ですので、海水の色が、不気味な色をしています。少しでもバランスを取り損ねたら、この強風です、風にたたきつけられ、海面へ。そして、海の藻屑《もくず》となります。

ジャピー氏のコードロン・シムーン機は相変わらず強風にあおられながらの飛行が続きます。


飛行機のハンドルは足で行います。微調整は足首で行います。上昇、下降は手で行います。プロペラの角度は変える事が出来、ジャピー氏は、乱気流に押されている時、プロペラの角度を浅くして飛んでいましたが、いったん無風になった時は、一気にプロペラの角度を深くして、空気を大きく切り込み、猛スピードで飛んでいきます。車で例えるなら、プロペラの角度を浅くした時がローギアで、プロペラの角度を深くした時はトップギアといったところです。
乱気流も時として、気流と気流がぶつかり合って、無風状態になる事がありま
す。ちょうど台風の目のような状態です。その時は一気に時速２５０kmで飛べますの
で、距離をかせぐ事が出来ます。そのスピードに対応するのも大変ですが、ジャピー
氏は目を皿のようにして見つめ、必死に風の動きを鋭い勘を働かせてつかみ、乱気流
に真っ向勝負をかけているのです。さすが名パイロット、この激しい変化をしっかり
と乗り切っているのです。
コックピット内のジャピー氏は全神経を集中して前方を見つめ、計器類を点検しま
す。メーター類はすべての計器が危険数値を示しています。エンジンの温度が頂点を
指しています。電流、電圧が低い。ガソリンタンクの残油量を示す黄ランプが点
灯。各部分を作動させる油圧オイルも圧力不足に。このようにすべての計器がオーバ
ーヒートしています。普通のパイロットだったら、こうした状況では発狂するかも知
れません。
ジャピー氏が乗ったコードロン・シムーン機が、いつ空中分解するか心配です。と

鼻血を出しながら必死で操縦するジャピー氏　画　山口十和（脊振中２年）

にかくすべてがこれまで体験したことのない、まさに未知の領域なのです。

しかし、コードロン・シムーン機は実にタフでした。ジャピー氏と同様、激しい嵐に押されていますが、負けてはいません。風圧でもみくちゃにされながらも、空中分解せずに飛んでいます。何とか持ちこたえているのです。

飛行機は船が原型ですが、その船は家具が原型です。つまり家具職人の技術がこの嵐と戦っているのです。フランスの家具が100年、150年使えるのは、この技術があるからです。さすがフランスの家具職人の技術が、嵐の中でキラリと輝いています。先程から続くキシミ音とともに機体が何回もひねり曲がっていますが、すぐ元に戻っています。

ジャピー氏の気持ちは、前方にある日本に向けて、スロットル・レバーを握りしめて、愛機のコードロン・シムーン機と一心同体となって強く大自然の猛威と戦うのです。不安と恐怖、そして孤独と戦いながら、まだ見えない日本を目指すのです。そして長く、苦しく、きついフライトの末に、ようやく島原半島がかすかに見えて来たのでした。

ジャピー氏はこの瞬間、独り歓喜の雄叫びを上げました。「助かった！やった！ヤポン！」と。

かすかに見えていた島原半島がやがてハッキリ、クッキリと見えてきます。日本の美しい島原の山と風景です。まず島原半島を左に見ながら、今度は右に目をやると一変とても穏やかな有明海（旧名・筑紫海。明治17年まで有明海と言わず、筑紫海と言っていました）の上空へと飛行機は飛んできます。この頃は速度計が軽く300㎞を指しています。エンジン音も先程までの唸《うな》りはなく、プロペラの回転と空気を切り込む感触がスロットル・レバーを握るジャピー氏の手にしっかりと伝わってきます。風を切って突き進む風音が軽やかに、そして心地よく聞こえてきます。

すると前方に佐賀平野が見えてきます。ついに日本上陸が目前です。パリを出発する前にマルコ・ポーロの「黄金の国ジパング」の物語を読んでいたジャピー氏は、日本へのときめきも、期待も人一倍強いものがありました。眼下に広がる佐賀平野の見事な黄金色の稲穂に目と心を奪われるのです。見渡す限りの黄金色が見事に輝いています……。

目もくらむような素晴らしい風景です。世界一の花の都、そして芸術の都パリから来たジャピー氏は、当時美術館で見たミレーの「晩鐘」「落穂ひろい」などの農夫と、農業の絵や、あるいはヨーロッパ農業を見事に描き、世界文学全集の中でナンバーワンに上げられるパールバックの「大地」をもしのぐ、佐賀平野の黄金色の燦然《さんぜん》たる輝きと素晴らしさに、疲れや緊張、恐怖感を忘れうっとりするのです。

ジャピー氏の頭には、パールバックの「大地」よりも、ミレーの「晩鐘」よりも、この佐賀平野の黄金の輝きがはるかに上回っているのです。田園空間の地上芸術とも言うべき美田。まさに「実るほど頭《こうべ》を垂《た》れる稲穂かな」という日本の格言の元となった素晴らしい佐賀平野の光景に、何度も何度も感動するのです。

当時は今と異なり、稲が完熟する11月中頃に刈り取りを始めました。遅い所は12月初期になることもありました。ジャピー氏はしばし、燦然と輝く佐賀平野に見とれていましたが、フッーと我に返ります。11月の日暮れは早く、すぐ暗くなります。早く飛行場を探して、給油せねばなりません。

何とか、長崎県の雲仙岳をかすめ有明海を北上、城原川（旧名・三根川）を見つけて、そのまま城原川をたどりつつ、日本上陸のチェックポイント、神埼橋上空にたどり着いたのです。

佐賀平野を流れる城原川の神埼橋を起点に、いよいよ東京を目指すスタートを切るのです。当時はまだ神埼橋とは言わず、鶴田橋と言っていました。位置も南方へ40m、旧道をそのまま西へスライドした所にありました。だから、鶴田橋の正確な位置は、西の方の北緯33度18分15・3972秒、東経130度22分08・7024秒です。日本本土上陸の上空チェックポイントは、鶴田橋を基点に確認するのです。

ここでチェックポイントの神埼橋について少し補足しておきます。神埼橋、旧名・鶴田橋は明治18年、木造造りの立派な橋として出来上がりました。車力が通れる最新の大橋が出来上がったのです。当時、隣の田手川（旧名・石動川《いしなりがわ》）は旧・三田川町衣村《きんむら》と神埼町大依《おおより》の間に飛び石を6個置いただけの渡り石で、これは非常に危険で、物を運ぶのも大変でした。当時の道路は、今の地蔵町の三差路の所から東へ行った小道です。

それが、超近代的で、車力や大八車も通れる立派な神埼橋が出来たのですから、しょっちゅう村民らが見学に来ていたそうです。

木造の鶴田橋が出来たことで、神埼―佐賀間に「貫通道路」を建設しようという話が一気に持ち上がり、神埼4丁目の西端から佐賀市構口まで佐賀平野を一直線に貫通する道路の建設に取り掛かりました。明治23年1月着工、明治24年3月完成。当時はモッコと鍬と人馬だけでの工事で、わずか1年2カ月で完成させたのは現代でもビックリする早さです。明治の人たちは偉い!!こんな立派な生活道路を後世の私たちに造って残してくださったのですから……。ただ、ただ感謝です。

その後、鶴田橋は大正14年に改造となります。今度は西洋式工法を採り入れた超近代的で最新の木造板橋が完成。同年2月28日、時の県令（現在の県知事）、鎌田景弼

パリ ー 東京飛行ルート

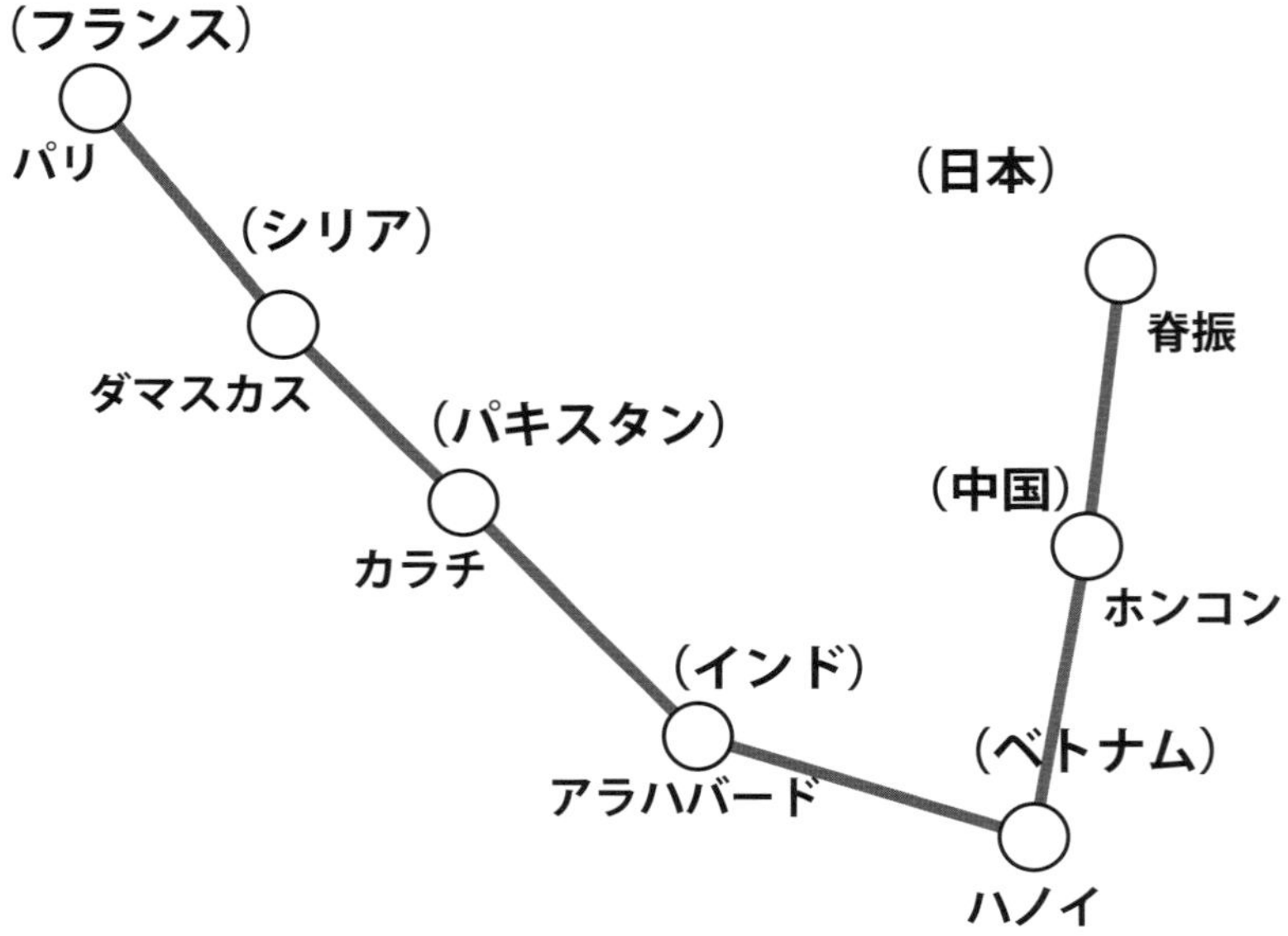

パリ・ダマスカス間は、北海道から沖縄位の距離ですが、一気に飛んでいます。その後はだんだん中継距離が短く、北海道から九州位の距離で中継して、ハノイ、ホンコンは東京から福岡の距離です。そして、ホンコン、東京のはずが…

も出席して渡り初めの式が行われました。その後、伊万里での陸軍大演習の時、日本陸軍の戦車も30台通っています。

しかし近代的大橋も、昭和28年の大水害の時、橋げたに上流からの材木の枝々や、草などが引っかかり、もろくも押し流されるのです。その後、すぐ陸上自衛隊（当時保安隊）の全面的な協力によって応急の橋がわずか2日間で出来上がり、今の神埼橋が出来る昭和32年12月まで存在したのです。

話は再び、ジャピー氏に戻します。

鶴田橋のチェックポイントを通過した時、ガソリンタンクのフューエルゲージは、すでにE（空っぽ状態）よりも下がっています。当初の予定だと、このまま東京までフライトしても充分過ぎるガソリンの量でした。やはり、東支那海が、いかに厳しかったか、このフューエルゲージでも分かります。

「貫通道路」に不時着出来るか、旋回して下を見回したところ、馬車や牛車、歩行者がかなりいます。着陸を決行すればそれらを巻き込む恐れがあります。ジャピー氏は着陸をあきらめました。無理して不時着しようと思えば、当時は道路の両側には何もないので、十分に出来たはずですが、強行して馬が驚いて暴れ、ケガ人が出ると判断したのです。こんな苦しい決断の時でも、ジャピー氏の優しい心が輝きます。そして、「ヨシ、それならば雁ノ巣飛行場へ」と決めるのです。

　これから先は、全く絶体絶命のフライトです。ガス欠を意識したら、集中力が極端に鈍ります。ただ、このままだと、ガス欠を起こしてエンストしてしまいます。自動車と違ってエンストやガス欠したら、もう墜落しかありません。ジャピー氏くらいのテクニックだったら、ガス欠直前に思い切り巡航高度を上げて加速をつけ、流しながら雁ノ巣飛行場へ滑り込む作戦も取れたのですが、これには、目標物の飛行場がハッキリ目視出来ている条件が付くのです。（注　１０００ｍの高度だと６０００ｍ滑空する事が出来る）

　しかし今、目の前には黒々とした厚い雨雲が垂れ下がっています。深い雨雲と脊振山の頂上付近の霧で視界が遮《さえぎ》られているのです。脊振山を抜ければ目当ての飛行場はあるのですが……。

ジャピー氏のフライトコースは、もともと有明海から大分を通り、瀬戸内海へ抜け、大阪で給油するプランでしたので、脊振山脈の事は簡単な地図しかなく、予備知識なんて全くありません。

ガソリンだけでも絶体絶命なのに、真っ黒な雨雲と予定外の飛行コース、おまけに地形は全く未知かつ無知なのです。まさに、まさに、絶体絶命のフライトです。

ここで脊振山の標高１０５４・８ｍ以上の高度を取れば、もっと深い雨雲の中に突っ込みます。もし、脊振山をうまくクリアしたとしても、深い雨雲から抜けた時、雁ノ巣飛行場をはるかに通り越して、玄界灘へ突入する恐れがあります。

ここは頂上を避けて、９５０ｍの高度でうまく抜けきれば、その先に福岡雁ノ巣飛行場が見えるはずです。その時、まだ2分間位のガソリンが残っていたら、なんとか目視で雁ノ巣飛行場へ着陸出来ます。あと3分が勝負です。

こんな緊迫した事態に、あろう事か、睡魔が襲って来ます。

まずスロットルレバーを最小速度に落とします。眠気を吹き飛ばすために航空帽子とマフラーを脱ぎます。全神経を集中出来るように、また耳が少しでも良く聞こえるように手元のおしぼりで顔と目の周りをしっかりとふき上げます。もう一度気合を入れて、大声で叫んで眠気を吹き飛ばし、目を凝らして前方を見つめます。寒いけれど、風防ガラスも横いっぱい開き、雨雲に覆われた脊振山を全神経を集中して見つめます。

真っ黒な雨雲が中腹付近まで立ち込めています。日隈山（標高148・4m）上空を越え、続く城山（標高196m）さらに八天山（別名・土器山、標高429・9m）上空を越えていきます。ここで、ジャピー氏の乗っている飛行機と八天山との距離を、エンジン音のハネ返りの振動とこだま音で感じ取ります。その時、八天山の木々が高圧高度計とわずかにずれているのを感じたのです。

飛行進路を右へ8度取り、政所《まんどころ》上空をかすめ、右に大高山（515・8m）の存在を意識しつつ、今屋敷上空を通り、倉谷を右に見ながら、仏ノ辻山（552・4m）を右手に見て、全神経を耳に集中させて、仏ノ辻山とのエンジン音のこだま音を聞き取るのです。加えて自分の目視（目で見た感覚）で距離を計り、感じ取るのです。今度は真っ黒な雨雲の中を飛ぶため、こだま音とコンパスのみの盲飛行に入ります。速度を落としても飛行機です。ぐんぐん進んで行きます。

やがて藤ヶ倉《ふじがくら》の坂にさしかかります。けだるい登り坂が延々と続く脊振一の難所です。脊振小学校高学年生でも2時間かかるのですが、さすが飛行機です。アッと言う間の4秒で通過し、白木《しらき》上空も一気に抜けます。そして素早く体勢を整えると、今度はツーベット山（729・5m）が正面に見えてきます。全神経を集中して、正面のツーベット山の山の形をしっかりと耳でとらえるのです。灰色の雨雲が立ち込めていますが、少しずつ山の形がわずかながらも感じ取れます。

飛行機は、古賀ノ尾上空を北進、脊振神社の東側を通りながら、脊振山の山越えを目指します。眼下には釜蓋《かまふた》川が流れています。雨雲は、山が深くなるにつれ、どんどん濃くなります。ガソリンは、もう1分間程しか残っていません。前が見えない、ガソリンがない。この2つの恐怖で体が、ジンジンとシビレて来ます。そして、このまま、北上すれば脊振山です。機体の上昇につれて、温度はグーンと下がって来ます。寒さを感じるのと同時に、恐怖で一気に小便をしたくなります。しかし、今は操縦桿《かん》を、両手でしっかりと握るのが精いっぱいです。まさしく正真正銘、最後の山場です。

脊振へ全世界の通信の目が注がれています。ジャピー氏はもう一度エンジン音のこだま音に全神経を集中させ、かつ、真正面の脊振山をしっかりと見つめます。先程のツーベット山で雨雲の中でかすかに感じた山の形にさらに一層の神経を集中させつつ、脊振山を見つめます。すると脊振山の山頂が2つに分かれているような気がします。雨雲に覆われて見える訳はないのですが、それでも、耳を澄ませて聞こえるエンジン音のこだま音で、わずかな、そして、かすかな違いを感じるのです。

やがて機体の右側近くにこだま音を聞き、左側が、それより少し離れているのを感じるのです。右側との距離を保って行けば山を抜けるのではと、ひらめくのです。そして、2回、3回と方向を少しずつ変えながら、なんとか脊振山の山頂近くまで来ました。高度は850mから950mに上げて進みます。

脊振山頂は1054・8mです。この山の近くには、1000m級の山頂が4カ所あります。ジャピー氏は、この山頂と山頂の間の谷間を通り抜けようとしているのです。

持ち前の鋭い勘で、黒々とした雨雲の中を盲飛行をするのです。恐怖との戦いです。加えて視界はゼロｍです。スピードは低速といえども時速１８０㎞です。目の前に岩や山が見えた時は激突しかありません。

右側の山肌から、はね返って来るエンジンの音が頼りなのです。真黒な雨雲の中を、まさに手探り同然のフライトが続きます。必死に音を聞き分けながら飛んで行きます。目を凝らし、耳を澄ませていくのですが、いきなり岩肌が現われ、今までの木々のやわらかい、こだま音とは違う強い岩肌の反射音がしたので急ハンドルを切り、失速してバランスを失いかけます。しかし、この狭い谷間の中で何とか踏んばって機体を引き起こし、立て直すのです。

こんな狭い所で、見事なまでのフライト・コントロールです。翼の先が木の枝に当たって、激しい音を立てます。木の枝の折れる音が、何回も何度もします。この枝の折れる音が、強烈に耳に突き刺さります。先程から我慢に我慢していた小便をどうする事も出来ず、この恐怖と寒さでついに垂れ流すのです。でも、この間にも山肌との間合いを保ちつつ、飛行機は真黒な雨雲の中をグングン、モーレツなスピードで進んで行きます。もう少し右側の方の山肌との間合いを取らねばなりません。しかし、取り過ぎると反対の山肌に当たるか、谷間へ迷い込んでしまいます。谷間へ入り込んだら、もう絶対抜けることは出来ません。まだまだ、必死で山中を飛び続けるのです。

その間もバギー、バギ、ボギーという大きな枝が折れる音とともに、飛行機にも強い衝撃の振動がドスン、ドスン、ガタンと激しく伝わります。次の瞬間、突き出した岩肌の峰に飛行機の右脚がぶち当たり、脚の曲がる衝撃音と同時に、タイヤのパンクが物すごい爆発音を轟かせ、脊振山中にこだまします。同時に油圧ブレーキ器機がちぎれ、機体が大きく前のめりに傾き、スピードがガクンと落ちました。この衝撃でコックピットに吊るしていたライトが落ちます。右側の固定テーブルが衝撃で折れ曲がり、テーブルはスケール・バインダーごと飛び散りました。危険警告ブザーが、かん高い音を発しています。同時に危険警告灯の赤ランプも室内外に点灯しています。室内の固定器具の散乱と、室内灯赤ランプの光と、先ほどから鳴りっぱなしの非常危険警告ブザー音で室内は完全にメチャクチャなパニック状態です。風防ガラスを開けていますので、メモ帳や地図が舞い上がります。

しかしあと1・5㎞飛べば、それまで耐えることができれば、脊振山脈を抜ける所までたどり着きます。ところが、この辺からキョウレツな脊振山特有の乱気流が見舞います。山との距離は大変近いので非常に危険です。乱気流は一気に強い下降気流となって、ジャピー機を押さえつけます。フライト・コントロールが非常に難しくなってきます。あと時間にして10秒、いや8秒あったら脊振山のまさしく山場を抜けます。もう少し、あと10秒飛べたら一気にこの雨雲から抜け出る事ができ、視界がパッと広がり、雁ノ巣飛行場が見えるはずです。ガンバレ、アンドレ、ガンバレ、ジャピー。

ジャピー氏の顔には、脂汗がタラリと流れ、元々、赤い顔が恐怖でますます赤くなります。風防ガラスを開けているので外気の冷気、さらには飛行機の速度がプラスされ、体感温度はマイナス15度位になっています。まさに身を切るような冷たい風が室内へ吹き込んで来ますが、この極度の緊張でジャピー氏の背中は汗びっしょりです。もう少し、あと少し、あと5秒、そして左へ2度程、軽く旋回しかけた時、下降気流と後方からの上昇気流にあおられ、機体が大きく傾きます。その時、無念、ついにガス欠!!でエンジンが停止。バランスを失い、右翼が岩肌に激突して機体は大きく回転して墜落するのでした。——まさに精魂尽き果てたフライトでした。

本当にここまで来ていたのに、惜しまれて、悔やまれてなりません。せめてガソリンがあと1ℓ、いや0・5ℓ残っていたら、抜け切っ

飛行機が墜落し、ジャピー氏は大ケガを負う　画　山口十和（脊振中2年）

たと思われます。あるいは、脊振の乱気流に巻き込まれなかったら、はたまた、あの貫通道路に思い切り不時着していたら…。でもジャピー氏の優しい心が、それを止めたのでした。あの神埼橋から墜落場所までは時間にしてわずか2分15秒だったのですが、それは実に長い、長いフライトでした。

ジャピー氏の愛機、フランス・コードロン社製のコードロン・C－635シムーン機はそれまで幾多の苦難を乗り越えて来ましたが、ついに脊振山中に墜落し、ここに「パリー東京」賞金レースも無念の終わりを告げたのでした。ジャピー氏の額から鮮血が飛び散り、顔をつたって服の胸付近に流れ落ちて来ます。薄れゆく意識の中で、少年時代遊び回ったふる里、スイスの山々、さらには小高い山里のボークールの田舎村の家々、幼友達の記憶が走馬灯のように、うっすらとゆっくり流れては、消えて行きます。死を覚悟したジャピー氏は、かすかな声で呟《つぶや》きました。

「パパ」（お父さん）
「ママン」（お母さん）
「グラン　フレール」（お兄さん）
「オ　ルヴォワール」（さようなら）

脊振の山師たちの壮絶な物語はここからゆっくりと始まるのであります。

第2章——山師の子どもたちの巻

昭和 11 年 11 月の脊振山頂は猛吹雪が舞っていました。その日、脊振山7合目の炭焼き小屋で山師の子どもたちが遊んでいた時、ドカーンという飛行機の墜落音を聞いて全員が一気に険しい山頂を目指します。なんといっても飛行機が墜落したのですから、好奇心も最大級なのです。元気な子どもたちです。身の軽さが災いして、一気に山頂まで登ってしまったのです。そして今度はふっと、我に返り不安になるのです。このままだと日暮れまでに、家に帰り着く事は出来ません。

つい２カ月前に秋の遠足で行った小川内《おがわち》を目指すのですが、脊振山は東の方が風の通り道で猛吹雪に遭遇します。視界３mの中、吹雪も下の方から舞い上がって来ますので、方向感覚も奪われます。藁頭巾《わらずきん》につららが下がり、吹雪が容赦なく子どもたちに襲って来ます。いてつくような寒さの中で、ふらっと菩薩峠横の切通しに迷い込むのです。そこは、冷たい横風が弱まり、雪も吹ぶかないのです。

「ワ—、ここはよかネー」

「風は吹かん、雪は降らん、寒うもなか。ほんによかー」

つい今しがたまで、いてつくような冷たい吹雪にさらされ続けた子どもたちですが、寒風が当たらないだけでも、とても温かく、嬉しく感じるのです。

今いるここの切通しは、戦国時代神代《くましろ》一族が敵をおびき寄せて、一網打尽に刹戮《さつりく》を繰り返し行った所です。当時は人を殺すための切通しでしたが、今は、この切通しによって、この幼い９人の子どもたちの命が救われるのです。ここは休息は出来ても、泊まる事は出来ません。冬の日暮れは早く、天候の悪い時は、さらに早くなります。焚《た》き火が出来る洞窟へ何としても日暮れまでには、たどり着かねば凍死します。暗くなるのと同時に寒さは増し、別れ道での不安、凶暴な山犬集団の襲撃など、幼い子どもたちに次から次へと不安と恐怖と寒さが襲って来ます。吹雪の山中で顔を真っ赤にした幼い９人は、涙を流しながらも必死で小川内を目指します。

その日、脊振村久保山の陣内勝次さん、納富末吉さん、合田竹一さんら、6人ほどが炭焼きの仕事をしていました。その時、上空に飛行機のエンジン音が聞こえてきます。昨日、ラジオで「パリ・東京100時間耐久レースにフランス人が挑戦している。今日、九州上空を通る」とのニュースが流れていました。まるで頭の上を物干し竿《ざお》で届きそうなほどの低空で赤い飛行機が飛んで行きました。いくら低速といえども飛行機です。時速180kmで視界10mの雨雲の中を飛んで行くのです。飛行機を見たのはこれが生まれて初めての人たちです。腰が抜けるくらいビックリします。しかも、上空40mくらいの至近距離での出来事です。まず、発動機の爆音に驚きます。そのスピードに圧倒されます。空に浮かんで飛んで行ったのに腰を抜かします。加えて機体の大きさにも度肝を抜かれます。さらには機体の赤色でペイント仕上げをしているのに目がくらみます。

当時は、目にするもの全て自然色ばかりで、赤色といえば太陽の夕日くらいしか見た事がない人たちです。そして、飛行機は雨雲や霧の中でも周囲が全部見えるものと信じます。

「やっぱい、舶来品はすごかー」と、一同口をアングリ開けたまま感心するのです。ところが飛行機の爆音が遠ざかっていた時、ドカン、ガタン、バタンと激しい音がして爆音が急に止まりました。

「ウァー、墜落した」と、誰かが叫びました。

「こりゃ大変ばい。にぎめしを作って、行かやごて」と話し合い、30分後に炭焼き小屋に集合して行こうという事になったのです。

これより先、7合目にある廃炉になった炭焼き小屋で遊んでいた子どもの集団がありました。一郎、二郎、三郎、四郎、五郎と、いとこの春子、勝、勝治、勝男の9人は墜落の音がした途端、脱兎《だっと》のごとく墜落現場の山頂近くを目指すのです。子どもですので身は軽く、木々の間をスルスルと抜けつつ上へ上へと、急な坂にもかかわらず四つん這いになり、しっかりと両手両足を使って、サルのようにすばしこく9人の集団は登って行きます。これより少し先に、本物のサルの集団が移動したのですが、ほとんどそれと区別がつかないほどです。

サルの集団のごとく、9人は山頂目指して登る　画　山口十和（脊振中2年）

脊振山の山頂近くは60度～70度くらいの急勾配の坂ですが、全くスピードが落ちません。とにかく、飛行機を、墜落機を見たい一心で、どんどん登って行きます。もうこの辺りは雪が積もっていて、全員バラバラではぐれてしまいます。まず年長の一郎が、「いつも先生や父ちゃんたちが言っている通り、たて1列になって登ろう」と提案します。

ここで、当時の子どもたちについて、少し説明しておきます。

昔は、兄弟が多くて、名前を付けるのは単純でテキトー（いい加減）でした。一応、男の子が生まれたら、一郎、次郎又は二郎、三郎、そして四郎、五郎と続きます。女だったら、春子、夏子、秋子、冬子、そして正子などと続きます。また少し考えて、強い男に成長するようにと勝《まさる》、勝治《かつじ》、勝男《かつお》などがスタンダードな名前でした。すごく強そうな名前として、岩男《いわお》、虎男《とらお》などもありました。

今のような、難しい名前は付けていませんでした。それに山の子は、とても元気で遊びまくっていました。秋の山は、柿やアケビ、栗、どんぐり、山いも、野いも、からいも、里いも、ぎんなんなど、たくさんの野生の食べ物があり、それを廃炉になった炭焼き小屋で焼いて食べるのが遊びの一つでした。

今回は、とにかくビックな面白さ。何といっても飛行機が墜落したのですから。全く抑えがききません。好奇心も最大級なのです。早く見たくてたまりません。

上の山頂近くで落ちたということは、その音で分かります。しかし、山頂近くは雪が積もっていて、なかなか進めません。ましてや末っ子の五郎はまだ小学1年生です。

「兄ちゃん、待っとって」と叫びます。すぐ上の兄の四郎が「来《く》んな。炭焼き小屋で待っとけー」と叫びますが、ワーワー泣きながら、「オイも見ろごたー」と駄々をこねます。

「エークソ、仕方なか」と言って、一郎が手を貸して登って行くのです。しかし彼らはいつも夏や雪のない時に登るので大体の景色や地形などは分かりますが、今日の下界は霧がかかり、山頂近くは雪が降っています。風もかなり強くふぶいていますが、それでも飛行機の墜落を見たくて仕方ありません。

皆さんご存知のように、子どもと一緒に登山すれば、大人は必ず負けます。人間の肺は大人も子どもも大きさは変わらないのです。ところが子どもは身が軽い分、どんどん登れる訳です。大人みたいに、ゼイゼイ、ハアハアということはありません。元気な子どもたちです。幸か不幸か身が軽いために、一気に山頂まで登ってしまったのです。そして今度は、ハッと我に返り、不安になるのです。このままだと夕方までに家へ帰り着くことは出来ません。

当時は、今あるレーダー基地も自衛隊の駐屯もしていなかったので、何もありませんでした。あるのは小さな石柱が1本、脊振山頂の碑のみです。そして佐賀県の表示があるだけです。

ここは江戸時代に、今放送中の、NHKの大河ドラマ『真田丸』で有名な黒田藩との壮絶なバトルですったもんだがあったのですが、肥前の知恵者が、「私のおじいさんがここで畑を作っていた。その証として、この下に木炭を埋めていた」と、当時の江戸幕府の立ち会いの時、役人に申し出るのです。

「それならその証拠を見せよ」となり、「それではじいちゃんが言っていた、あの辺りを掘ってみましょうか」となって、掘ってみたら地下から見事に小石に囲まれた木炭が出土するのです。

その結果、この山頂は、鍋島藩のものとなるのです。地形、地図からいったら明らかに福岡黒田藩の領地です。日本最古の慶長国絵図には、ハッキリと黒田藩として載っています。この知恵者は、ほんの2カ月前にこっそり自分で木炭を埋めておいたので、すぐ掘り当てることが出来たのです。ちなみにタイムカプセルや墓を掘ったら分かりますが、確かにこの下と思って掘ってみても、位置が少しズレているものです。

私が中学2年生の時、ばあちゃんが死んで、父と一緒に馬場家の墓を掘って埋めたのですが、4年前にあらためて墓を作った時に掘り返したら、かなり位置がズレていました。本当に不思議な現象です。骨つぼをじいちゃんのと並べて置いて埋めたのですが、離れて出てきたものでした。

脊振山頂で、一郎、二郎、春子、勝が話し合いをします。

「このまま、ぐずぐずしていたら暗くなる。矢筈《こづめ》峠が歩きやすかけん、一気に矢筈峠を通って、唐人舞（別名・しいばるさかもり、筑前黒田藩の呼び名）へ行って、一谷へ抜けて帰ろうか」

ここの矢筈峠は尾根になっているので、風が強く雪は積もりません。尾根伝いの道は歩きやすいのですが、道は細いし横風が強いので、子どもには非常に危険です。風が強い分、目にゴミや雪が飛び込んで来ます。一歩、足を踏み外して、深い谷川まで落ちたら、絶対に助かりません。

「そんないば、一気に東の方、西小川内へ下って、お萬泊《まんどまり》の洞穴へ行こうか。西小川内はこの前の遠足の時に行ったけん、少し暗うなっても行ききるヨ」

天候と季節に恵まれた時の遠足の経験でしたが、それでも経験は経験です。その半分くらいは役立ちます。

「そいよいか、太か一本道が歩きやすかけん、蛤岳（旧名・破麻栗岳）さい行たて、辰巳谷《ぼろめき》（旧名・巽谷）に出て、犬井谷（旧名・口山内乾谷）さい出たがよかろー」

「あそこは、くま笹がいっぱい繁っとっけん、道ば間違う。そして少し遠か」

「そいないば距離の短かか板屋はどうやろか!!板屋の三光寺ない、すぐそこヨ」

「あそこはでけん。『福岡県』は行くぎ、福岡のもんからたたかるっ。どぎゃん事さるっこっちゃい分からん」

「そいに父ちゃんも、福岡県の方には絶対行くぎでけん。行くぎんた、キンタンばひん抜かるてョ。クー痛かてョ。吉岡さん方のおんじさんは、子どもん時、行たて、ひん抜かれて、クー痛かったて言いなった」

「そんないば、斜めさい下って、馬ころび橋さい出たがよかろう」

「あそこは分かれ道がいっぱいあっけん、迷い道に入ったり、大峠まで行ってしまうヨ。そいに、太か石がゴロゴロして、木のどんかぶもあって、歩きにくかー」

とにかく賢い山師の子どもたちです。一郎が、「ヨシ、お萬泊《まんどまり》に行こう」と決めます。ここが一番近いし、雪が降っていても、確実に行ける。山の日暮れは早く、一気に真っ暗になります。吹雪の中、急ぎ足で坂を駆け下りて、西小川内のお萬泊の洞穴を目指します。モーレツな横なぐりの雪の中をどんどん駆け下りて行きますが、木の根でけつまづいて倒れる者は一人もいません。この辺は、まだ山頂近くで横風が強く、どれだけ雪がふぶいても、あまり積もりません。

ここは、冬の雪山物語で有名な『八甲田山』の著者で、直木賞作家の新田次郎氏が見事な夫婦愛を描いたあの感動作、『芙蓉の人』の小説の舞台となった所です。平成26年7月26日夜9時スタートで、6回シリーズで放送されました。タイトルは「NHK土曜ドラマスペシャル『芙蓉の人』」。

出演は佐藤隆太と、松下奈緒が夫婦役。主人公である夫、野中至を献身的に助ける妻千代子の物語です。夫が明治28年、正確な天気予報を知るためには、どうしても富士山頂に気象観測所が必要と、彼は命がけで冬の富士山へ登り、気象観測をするのです。そして妻千代子も夫を手伝いたい一心で、冬の富士山へ登ったのです。しかし富士山頂は空気が薄く、真冬の山頂はマイナス30度にもなり、いつも吹雪が吹き荒れて、過酷な生活が続きます。それで、体調を崩すのです。

冬の富士山を登るに当たって、千代子の実家が警固村—今の福岡市警固だったので、幼い頃からいつも眺めていた脊振山で、登山の練習を行うのです。山師、源造の手ほどきを受け、冬の雪山の足の運び方、歩き方をしっかりと習うのです。千代子は毎日警固村の実家を朝早く出発して、早良の内野に向かい、板屋峠から脊振山の頂上へと登った。内野から板屋峠まで2時間半。そこから頂上まで1時間かかったとあります。テレビの劇中でも、脊振山の福岡側からの登山道が見事に描写されていました。

再び子どもたちの話に戻します。

さすが山師の子どもたちです。全くブレることはありません。まず、脊振山頂から東南方向へコースを取ります。目指すは小川内方向です。辺り一面の雪景色が辛く、いやらしくてたまりません。雪景色が寒々としてきます。そして、雪の白さが地吹雪となり、目をくらますのです。体はいくら服や綿入れのポイシン（チャンチャンコ）を着ていても、防寒・防水対策が今ほどの服ではないので、風が通ってきます。そして、体に降りかぶった雪が、水滴となって、体に浸み通ってきます。まさに、雪は真っ白な悪魔です。

やがて、子どもたちは毘沙門堂《びしゃもんどう》へたどり着きます。

春子が、「ここでよかろうもん。あたい、小川内までも遠かし、きつかけん、行こうごとなか。そして五郎ちゃんもかわいそか」

なるほど、雪は30㎝くらい積もっていますし、五郎の身長は85センチですので、足のももまで雪の深さがあります。

春子が、「この毘沙門堂のなかは、雪が降きこまんけんよかろうもん。あたい、ここに泊まろうごた」と言いますが、一郎が、「ここは夜中に火ばたかれん。北風も吹いてくる。そいに、お堂のところは絶対火ばたくぎでけんて、父ちゃんや先生が言いないよった。夜中に焚き火ばさるっとこしかでけん。たき火ばされんないば、絶対に凍え死ぬけんネ」

時代は少し下りますが、昭和30年代に、福岡の大学の登山部の現役生が、やはりこの毘沙門堂で野営をしようとしましたが、お堂の中に北風と吹雪がどんどん吹き込んできて、火も焚《た》けないものですから、たとえ防寒着を着ていても、寝袋の中にもぐり込んでいても、野営用のテントなしでは夜の雪山の寒さには耐えることは出来ません。お堂は雨をしのぐことはできますが、こんな吹雪ではどうしようもありません。お堂の中に、思い切り雪が舞い込んできます。おそらく、登山部の大学生も、初めは、しっかりとお堂の奥の隅で、寄り添って、寒さをしのいで夜を明かそうと我慢していたのでしょうが、夜中についに無理だと感じ、次の野営地、焚き火ができる場所を捜されたのではないかと思われます。

大学生でも横なぐりの下から吹き上げてくる雪に、方向感覚を一気に奪われたのです。夜に懐中電灯を照らせば、雪が乱反射して、ますます感覚を失います。ましてや山頂近くは横なぐりの雪ですから、強風に押し上げられ乱舞します。そして、感覚も奪われます。くだんの大学生2人のうち1人が凍死されました。このお堂から、わずか130m離れた場所に記念碑が建っています。それほどに、冬の脊振山は恐ろしいのです。

この登山部の学生は、冬の日本アルプスなども経験した山岳のベテランで、スペシャリストです。冬山登山のためのトレーニングで脊振に登られたのですが、あまりにも急な天候の変化で、対応出来なかったと思われます。2人は、ピンミル、ピンチョコを5年間使用していない素晴らしいステイタスを持っていた大学生でした。

(注　ピンミルとは、山で遭難した時、最後の命をつなぐもので、缶詰のミルクのことを言います。また、ピンチョコとは、これまた最後の命をつなぐチョコレートのことを言います。だから、それを使わず、山岳登山が出来る人は、それだけ登山上手ということです)

「行きたくない、歩きたくない、このお堂にいたい」と言って、ぐずっていた春子も、ここで、一人凍死するのが怖いので、また一緒に歩くと言うのです。そして、一郎が五郎を背負って歩き出します。雲は、不気味な灰黒色をしています。しばらくすると、苦笑辺《にこらべ》にさしかかります。山の鳴動が恐ろしい音で子どもたちの耳に響きます。

やがて、左手に県境の赤坂を感じつつ、山の寒さがどんなものか、横なぐりの雪がどんなものかをイヤと言うほど、肌身で感じるのです。

やがて、谷川を石伝いに渡るのですが、この小川の谷は寒風が吹きまくり、一気に頭布につららができるのです。谷川を渡り切り、やがて、香椎聖母宮《かしいせいぼぐう》新三養基88番ヶ所・止メ番88番目札所を通り、竹の屋敷を目指します。

この辺りは、立ち木が少なく、頭巾が吹き飛ばされるくらい横風が吹いてきます。まさに地吹雪です。山では雨も雪も風もすべてが横なぐりに、猛烈に吹いてきます。玄界灘からの北風、九千部からの北東の風、そして有明海からの気流で駆け上がった風が、稜線を越えて強い下降気流となるので、乱気流が最も激しい地点になるのです。まさに、風の通り道なのです。

昭和62年2月18日、第七管区海上保安本部のビーチクラフト200T型機が、この乱気流にあおられて墜落炎上しました。搭乗員5人は全員死亡。ビーチクラフト機は浮力が最も大きいので、低速でも飛行出来る双発機です。下界では、強風警報も出ていない時でしたが、いかに、この脊振山が危険な所か、分かっていただけると思います。墜落したビーチクラフト200T型には、児玉光雄機長ら5人が同乗。その中に25歳、海上保安庁初の女性通信員も乗っていました。彼女は保安学校を卒業後、一級海技士、一級無線通信士など、3つの国家試験に合格した若きエキスパートでした。遺体の収容などに佐賀県警機動隊や、神埼地区消防本部、地元消防団、脊振村職員など、120人が出動しました。なお、この時の墜落事故の第一報は、脊振航空自衛隊より神埼地区消防本部に通報。神埼地区消防本部の増田義隆さんたちが、いち早く出動。山頂近くで、真冬の極寒と水不足で消火活動が大変だったとのことです。この海上保安本部のビーチクラフト200T型の碑は、脊振神社に手厚くまつられています。

雪の景色は延々と続きます。先達（先頭を歩く人のこと）は二郎と三郎が、代わる代わる務めます。先達の交代も一つのリズムをつくっています。山道をさえぎっている木の枝や雪の吹きだまりをかき分け、確認しながらの歩行ですので、とても疲れます。背負われている五郎も、一郎の背中を利用して木の枝を巧みにくぐり抜けていきます。ボサーとしていたら木の枝で目を突き、大けがをします。一郎は、五郎を背負ってとても疲れています。しかし、この雪です。五郎が歩くのは絶対に無理です。雪の吹きだまりには70㎝くらい積もっています。五郎の身長は、85㎝です。雪の中にもぐり込んでしまいます。一郎は、我慢しながらの下山です。

もし、一郎が疲れて動けなくなったら、五郎とともに、完全に凍死します。他の春子や勝治、四郎だってどうなるか分かりません。やっとの思いで、歩いているのですから………。

しんがりは勝がガッチリ務めます。後方より、春子、勝治、四郎に声をかけています。遅れ気味の四郎に、「先の方のポジションを取れ。一郎のすぐ後ろへ付け」としきりに声をかけていますが、四郎もなかなか体が動きません。四郎も身長95㎝です。雪の吹きだまりの所は70㎝あり、四郎の首くらいの深さです。でも、先達や一郎たちが先を歩いてくれているので、何とか動けるのです。四郎はもう、顔は真っ赤です。必死に雪の中をもがきながら、泳ぐような感じで進んでいます。

私は一度、子どもが水に溺れているのを助けたことがありますが、その時も水面から真っ赤な顔を出していました。まさに、死に物狂いの赤顔でした。とにかく、いつ力尽きるか、しんがりの勝は心配でなりません。本当につらく、寒い下山です。

少し遅れ気味だった春子が、「あたい、もう歩ききらん」と言い出して、雪の上に座り込みます。すると、一郎が「オイの腰ひもにテンゲ《手拭い》を通して、握ってこい」と声をかけます。

「ここで5分座ったら、もう寒さで体が動かん。絶対に凍死する。一人で死のうごとなかないば、このテンゲば握って歩け」と叱ります。春子もまた「ウン」と涙を流しながら、うなずきます。もう全員が、ぎりぎりの限界まで来ています。ここでもし、一郎が疲れて動けなくなったら、一郎、五郎、春子の3人は確実に凍死します。

とにかく、一番きついのは、一郎なのです。もう1時間ほども、五郎を背負って歩いているのですから。それも、辛い辛い、寒い寒い吹雪の中を……。

日暮れも、子どもたちにはとても気になりますし、心配です。不安と寒さで、辛くてたまりません。寒いけど、体力を思い切り使っていますので、のどが渇いてきます。しかし、のどが渇いても、雪には手を出しません。雪を食べてのどの渇きをいやしても、体温は下がるし腹痛も起こします。

こんな山奥で腹痛をおこしたら、即、凍死です。山の大自然は、この小さな子どもたちにも容赦なくキバを剝《む》き、襲ってきます。寒くて冷たい北風を、そして吹雪を真正面から浴びせてきます。雪も上から降ってくれる時は、方向感覚はさほど狂いませんが、横なぐりの吹雪となって降ってくれば、感覚が狂ってくるのです。吹雪も風も強烈に吹いて来れば、視界が狭くなります。三角の藁頭巾《わらずきん》も上の部分は風になびき、下の方は完全につららができています。山奥での横なぐりの吹雪、そして寒風はまさに大自然の猛威です。さながら生き地獄です。

吹雪の中を懸命に歩き進む９人の子どもたち　画　山口十和（脊振中２年）

ある大雪の日。この脊振山の西側に位置する佐賀市富士町の北山小学校の先生が、子どもたちだけで帰るのは無理だと言って、下校する小学生を1人ずつ家まで送り届け終えました。ところがその先生が学校へ戻る時、やはり横なぐりの吹雪と日暮れに遭遇され、方向感覚を失って雪の吹きだまりに入り込んで体力を失い、凍死されました。地元出身の先生で、この辺りの地形や地理に詳しいはずですが、横なぐりの吹雪では、いつも通っている通学道でも方向感覚を奪われてしまうのです。

この北山小学校の先生の記念碑は、今もひっそりと道行く北山小学生たちを温かく見守っています。名前は中村富可男先生です。私も車で富士町を通る時、山伏ですので中村先生の記念碑を拝むのですが、いつも飾ってある野花に感心します。地元の人たちの心優しさが伝ってくるようです。合掌。

皆さんは、雪の降る夜道を車で運転して感じられたことがあると思いますが、雪の日、普段通りのスピードで走行すると、真正面から雪が降ってきます。これはフロントガラスがあるので、ただ見にくいだけですみます。それに、ワイパーで防ぐこともできます。

しかし、この山師の子どもたちは、すべて直接ノーガードで大自然の猛威を受け止めなければなりません。雪が顔に当たり、目に飛び込んできます。本当に寒くて、先の見えない不安と戦いながらの一歩また一歩の前進です。すがるものも、頼るものも何もありません。まして、今のような遊歩道の案内プレートもありません。歩道も全く整備されていません。とにかく勘だけが頼りです。視界は5mから、3mくらいに狭まっています。山道を笹が覆いかぶさっているのをかき分けながら、御岳《みたけ》登山口の石碑の横を通ります。〈昔は脊振山のことを御岳《みたけ》と言っていました〉

やがて、一行は鳥井ケ原《とりいばる》を通り、大谷原《おおたにばる》へ差しかかります。とにかく、この吹雪です。視界はわずか3m。それも真正面から横なぐりに吹いてくるのです。そういう時は必ず、風も冷たいのが強烈に吹きます。天気の良い日は全体の景色が見渡せるし、目標物もハッキリと分かります。見はらしがよいところ、景観のよいところほど、このような時には強風が、吹雪が下の方から、これまた猛烈に吹き上がってきます。これがとてもこたえます。ボクシングでいうならボディーブローのようなものです。今は寒く、うす暗くて、吹雪で3mくらい先までしか見えません。完全に手探り状態です。現在地を見失わないよう、方角を間違わないよう、一つ、また一つと、確実に目標を定めて進んで行くのです。

背中の五郎が、「兄ちゃん、小便」とささやきます。その言葉で全員連れ小便となります。山道の横に並んで、ズボンも今みたいに前開きが付いていませんので、腰ひもを緩めてずり下げるしかありません。一気に下半身に寒気を感じます。女の春子は少し先の方で、しゃがんで行なっています。やがて、目の前に竜尾《りゅうおう》が見えてきます。地形も7合目あたりまで下りてくると、枝道が現われ、だんだん複雑になってきます。それと下り坂が緩くなるので、平地に見えるのです。これは今まで急な下り坂ばかり見ていたので、登っている道が平たく見える錯覚に陥るのです。

先達を務めている二郎が、これから少し登りにかかるので、急がずゆっくり歩くからと三郎たちに伝えます。見事な山師の判断です。ここで、平道のつもりで早く目的地に着きたい、早くこの山奥から抜け出したいとはやる心があれば、登りの坂で一気に疲れがきて、足が重くなったり、動かなくなったりします。

こんな緊迫した心細い状況下でも、しっかりと落ち着いた見事な判断です。そして、少し入り込んだ切通しがとてもうれしく感じます。その場所は冷たい横風が弱まり、雪も吹雪いてこないのです。

二郎がここで少し休もうと、歩きを止めます。そして藁頭巾を取り、フ～っと一息つきます。背中に背負った竹筒の水筒の水を少しずつ口に含み、ゆっくりと飲みます。そして三郎、四郎も回し飲みをします。

四郎と春子は、「ワー、ここよかネー」としきりに話します。「風は吹かん、雪も降らん、寒うもなか、ほんによかー」

つい今しがたまで、いてつくような冷たい吹雪にさらされ続けた子どもたちですが、それが当たらないだけでも温かく、嬉しく感じるのです。

今いるここの切通しは戦国時代、神代《くましろ》一族が敵をおびき寄せて一網打尽の殺戮《りく》を繰り返し行った場所です。当時は「人を殺すための切通し」でしたが、今は切通しによって、この9人の子どもたちの命が救われているのです。

この頃になると、雪も横殴りではなく、斜め上から降ってくるようになるのです。視界も少し広くなりました。少しホッとします。しかし分かれ道にさしかかった時の不安は相当なものです。道標は全くありません。もちろん歩道も整備されていないので、まさに勘だけが頼りです。

やがて一行は正札下《せいさつもと》にたどり着きます。昔はここが脊振山登山口。脊振山へ登る行者にいろいろ注意する事を書いた木の札が立っていた所です。秋の遠足の時、山頂からここまで40分で着いたのですが、今日は2時間以上かかってしまいました。この時間の差で不安が高まります。そして感覚が狂ってきます。不安が募ればさらに、ますます大きな不安と恐怖になります。せめてもの救いは、この集団ではありますが、その顔触れは、兄弟、いとこと、よく知っている者ばかりで、子どもたちの心を支えているのです。

一行は山祇《ずみ》神社前を通り、稚子《ちご》の滝の横を通るのですが、水しぶきとつららがより一層寒さを感じさせます。滝の水の音がゴーゴーと音を立て、寒々感が体に耳に響きます。先ほどまでの雪が氷雨に変わってきます。視界も少し良くなりますが、この氷雨がやっかいなのです。体の中へ、ジワリと水が浸み込んできます。吹雪でも雪の方が冷たさや寒さをわずかでも感じなかったのですが、氷雨は一気に子どもたちの体温と体力を奪うのです。やっとの思いでお萬泊、別名・筑前の呼び名の包石《つつみいし》にたどり着く事が出来ました。

ところがさっそく一郎が背中の五郎をおろした途端、「ウー、ガァアー」と山犬の声がするのと同時に、洞穴から6匹の狂暴な山犬が襲い掛かってきたのです。この洞穴の中で山犬が巣をつくって子犬を産んでいたのです。やっとの思いでたどり着いたというのに、今度は恐ろしい山犬です。山犬は自分の子犬を守ろうと襲ってきます。しかし、こちらも子どもといえども山師の男です。下山の時、杖替わりに持っていた木刀で、一郎、二郎、三郎、勝、勝治が必死に応戦します。人里離れた山奥で狂暴な山犬との決闘です。

凶暴な山犬は木刀が当たっても、キャンキャンと鳴きません。叩いても、叩いても

狂暴な山犬と格闘する子どもたち　画　山口十和（脊振中２年）

襲ってきます。それどころか、ますます歯をむき出しにして襲ってきます。やがて、二郎の藁頭巾《わらずきん》とズボンが山犬に引きちぎられます。三郎と勝も山犬に引き倒されて、足と手から血が出ています。こちらの山師の子どもたちが後ずさりし出したら、山犬も襲い掛かってきません。しかし、「ウーウー」と恐ろしい唸り声を発して、歯を相変わらずむき出しにしています。わずかな沈黙が続きます。恐ろしい凶暴な山犬を相手に応戦しても勝てる見込みはなく、お萬泊を諦《あきら》めるしかありませんでした。

瀬無井郷《せむいごう》の金山採掘の洞穴へ行こう、と二郎が言い出します。一郎も「ウン」とうなずき、また五郎を背負って山を下ります。一郎、二郎、三郎、そして勝、勝治も、先ほどの山犬との決闘でポイシンと藁頭巾は破れています。手には血も流れています。一番やられたのは二郎でした。やはり一郎を助けたいと前に出た分、山犬が3匹で一気に手と足に襲い掛かったのです。山犬は一郎と二郎に襲い掛かった時、どちらが弱いかすぐに分かります。そして一郎より二郎が攻撃し易いと直感するのです。五郎と春子を除いて、全員が山犬にかまれたり、かき裂かれたりして血が出ています。ポイシンも破けています。痛くて悲しくてたまりません。それに陽の落ちてくるのと同時に、寒さも増してきます。風も強くなり、氷雨もしっとりと執念深く降り続きます。

四郎と五郎、それに勝治は声に出さないけど、ポロリ、ポロリと涙が真っ赤な頬を流れていきます。つらくてたまりません。一番つらいのは一郎兄ちゃんです。小さい末っ子の五郎を背負っての雪の中での行動ですし、一番年上といってもまだ子どもです。必死で我慢していましたが、一郎の目にひとしずくの涙がポロリと流れた途端、せきを切ったように全員大声で「ワーワーワー」と泣き出しました。ただ足の動きは止める訳にはいきません。いくら泣いても叫んでも、どうなるものでもありません。急いで次の目的地、瀬無井郷《せむいごう》の金鉱の洞穴へたどり着かねば、必ず全員凍え死にます。冬の山歩きは、疲れても雪道では休めません。雪の中で休めば、体が冷えて足が重くなります。ペースをゆっくり、ゆっくりしながら、確実に一歩ずつ歩くのです。

やがて一行は渕下《ふちじも》を通り、矢落《やうち》の横を抜けていきます。小川内に近いとは思うが、山道を行き交う人は誰もいません。もし、誰か山師の人にでも出会ったら、道と方角の確認ができるのですが……。不安と恐怖が募ります。全員無口で足取りも重く、寒さと疲れがズッシリと子どもたちにのしかかってきます。足取りもだいぶ遅くなりました。そして、日暮れとともに寒さも増してきました。

と、その時です。突然の突風で全員将棋倒しのように後方へ倒れます。一郎におんぶされている五郎が、一郎の後頭部に自分の鼻が当たり、鼻血が出て、鼻もみるみる間に腫《は》れ上がっていきます。

しかし、「オイは、痛うなか」と叫びます。兄チャンたちに申し訳ないという気持ちで、寒さと痛さを、必死にこらえるのです。目にはいっぱい涙をためながら、7歳の五郎が耐えています。

ここから少し先の場所は、昭和46年5月1日、目達原基地から飛び立った西日本新聞社がチャーターしたセスナ機が、乱気流の突風に巻き込まれた所です。このセスナ機がレーダーから消えて音信不通となり、すぐに緊急連絡が流れます。昭和46年ともなれば、通信機能はしっかり発達していて、すぐ捜索隊のヘリコプターが板付、そして目達原西部方面航空隊から飛んで、上空からいち早くセスナ機を見つける事ができました。

墜落現場は目達原基地から直線で北北東約9キロ地点、七曲峠487m北緯33度23分22926、東経130度24分50516、南峠581m北緯33度23分23095、東経130度24分38731に挟まれた坂本峠近くの西屋谷北緯33度23分35、東経130度24分42の沢でした。当時の佐賀新聞には、34年前のアンドレ・ジャピー氏と同じ脊振の〝魔の気流〟に呑み込まれたとあります。

墜落現場確認の報を受けた東脊振派出所の巡査が、すぐ、あの曲がりくねった道幅の狭い旧385号線をカブ号を飛ばして登り、七曲峠で下り通行の車両を中原方向へ流し、見事な交通整理を行ったので、警察、自衛隊、消防団、そして野次馬などが車で現場へ急行できました。残念ながら、乗員4人の全員死亡で、機体は谷の斜面中腹に左翼を引っかけて、そのまま雑木林をなぎ倒し、約30m下の岩に機首が激突、逆立ちした形で止まっていました。翼、胴体はバラバラ。計器類もメチャメチャに壊われ、血痕が無数に残っていて、飛行機事故の物凄さを物語っていました。

私はこの時、現場を見に行きました。三田川町消防団㊞のハッピを着た団員が後片付けに精を出しています。今は吉野ヶ里町消防団南部第3分団第1部となっていますが、昭和46年頃は、三田川町消防団田手分団、そして田手分団のことを〝まるた〟と呼んでいました。ハッピの背中に〝㊞〟の大きなマークが付いていました。ちなみに三田川村消防団の元祖は目達原で、なりそめの話はあらためて後日、消防団物語の時に書くことにします。

これだけの大惨事だったのですが、このとき神埼地区消防本部は出動していません。神埼地区消防本部は昭和45年に発足していましたが、昭和46年当時は小川内地区への道路事情が極端に悪く、消防車や救急車は急行することができませんでした。そこで行政を一部、福岡市に委託していたのです。小川内の市外局番は「092」で始まります。まさしく福岡市内の局番です。今日では考えられないことです。そして平成18年3月21日、東脊振トンネルが開通したことにより、小川内の行政区は神埼へ、消防の管轄も神埼地区消防本部に移りました。

この西日本新聞社がチャーターしたセスナ117型機のパイロットについて少し補足しておきます。築島敏郎操縦士は、岐阜陸軍飛行学校卒、昭和34年自衛隊入隊。日本国内航空、長崎航空を経て、九州航空に入社。飛行時間1万時間を超すキャリア豊かな軍人上がりのパイロットでしたので、フライト・テクニックはとても上手だったと思われます。しかし、脊振の突風や乱気流に巻き込まれたら、軽飛行機はどうすることもできません。遭難機が左翼を引っかけた山の斜面を曲がれば、すぐ谷の出口だったのですが……。

機体の残骸はフラップを下げ、方向舵を右へ曲げたままでした。築島パイロットが事故を回避しようと必死で操縦桿を握りしめた姿が想像されました。セスナ機の遭難現場は昔から「風の通り道」で、脊振山と九千部山など、1、000m級の山が連なり、その谷間となるこの一帯は風の通り道となって、よく乱気流が発生する所です。この事故も、脊振山の乱気流に巻き込まれたものでした。

ふたたび山師の子どもたちの話に戻ります。

瀬無井郷《せむいごう》の金山の洞穴が、氷雨が降っている中、うっすらと見えてきます。辺りは一気に日が暮れ出しました。まさしく、陽が落ちると同時に、何とか洞穴にたどり着いたのです。同時に洞穴の入口で、木刀をかざして大声を張り上げます。その声が洞穴にこだまするだけで、山犬は出てきません。昼間は金を採掘している人たちが作業していますので、山犬も入って来なかったのだと思われます。

一郎が、「ヨシ、大丈夫だ」と、声をかけ、すぐ、穴の入口右側にかけてある鎌《かま》を取って、道の横のヨシをどんどん刈るのです。それを、四郎、五郎が洞穴の中へ運びます。とにかく全員で枯木や枯草を必死で集めてきます。二郎、三郎、勝、勝男、勝治は、その辺に横たわっている間伐材を「ヨイショ、ヨイショ」と引きずり込んで、洞穴の中に入れます。その間伐材を、入口にあったノコを借りて、50㎝の長さに切るのです。そして斧《おの》で割って、薪《まき》を作るのです。さすが山師の子どもたちです。見事に立派な薪ができ上がりました。

そうこうしているうちに、辺りは真っ暗になります。洞穴の中央では、明かりを取るのに春子が、油紙に包んだマッチを取り出し、雪で濡れた枯草を、苦戦しながらもたき火をおこしています。いつもは、かまどでお湯を沸かしたり、ごはんを炊いたりして、火を作るのは慣れていて上手ですが、濡れているため着火が大変です。それでも何とか火が付きました。そして1本のタイマツを作り、松の木を探しに行くのです。そして丁度いい松の木を見つけ、鋸《のこぎり》で切って引きずって持ってきます。しかしこの松の木、取ったばかりで、鋸でもなかなか切れません。また切った後に、斧《おの》で割るのですが、これがまたしっかり当たりはしますが、なかなか割れません。何度も、何度も、斧でキズを入れていくのですが、このキズが多いほどいい薪に仕上がるのです。

つまり、下手くそのまき割りの薪が、薪としては上等の薪に仕上がるのです。上手に斧《おの》を使った薪は、火付きも悪く、薪としての燃え方もあまりよくありません。しっかりと辛抱強く、この松の木で薪を作るのです。何度も、何度も交代しながら、やがてやっと松の木の薪ができ上がりました。中央のたき火も、杉や雑木に火をつけて、何とか燃やそうと春子が頑張ります。雑木は熱カロリーが弱いので、燃える火の光が当《あ》たっている正面側は熱くてたまりませんが、その反対側の背中は、寒くてたまりません。何とか松に火がつき燃えてくれれば、熱カロリーが高いので一気に全体が温かくなるのです。

「これで、今夜は大丈夫だ」一郎がみんなに向かって話すのです。すると、各人が思い思いに、枯草やヨシでたき火の回りに自分の寝床を作るのです。そして、風呂敷にくるんで背中に担いでいた栗やイモ、ぎんなん等をたき火にくべながら、楽しい食事を取るのです。ずぶ濡れだった足袋《たび》や、ポイシンもやっと乾きました。

さらに、足袋の中に入れていた唐辛子《とうがらし》もテンゲにのせて乾かすのです。これは食べられません。足の裏のニオイがしみついています。

足の靴下の中に唐辛子を入れておくと、とてもポカポカするのです。

たき火を囲みながら、四郎が「一郎兄ちゃん、話ば聞かせて」とせがみます。一郎がゆっくりと話し出します。

「いま通って来た途中、山犬のおった所がお萬泊、そして、滝があって、水がゴーゴー落ちよった所が稚児落としの滝」と言って、この伝説を話してくれます。小川内には、『お萬泊』と『お萬の滝』と『稚児《ちご》落としの滝』という、聞くも悲しい、哀れな物語が伝わっています。

今から450年前、成富兵庫茂安という人が、大野川の上流、蛤岳《はまぐりだけ》の水をせき止めて水道を作り、福岡県の大野川に流れて行く水を、方向転換!!全部佐賀県の田手川に流しました。それで、大野川は涸《か》れてしまい、福岡県側は田植えができなくなりました。何とかして、水を福岡県の方に流さなくてはならないのですが、佐賀県側の警備が厳しくて、大野川へ水を流すことができません。

そこで、佐賀県の水番人に怪しまれないようにと、子持ちのお萬という女性が幼いわが子を連れて行きますが、思うようにいきません。お萬はわが子を背負い、子どもをあやすふりをしながら様子をうかがいます。そして、お萬泊の岩の下に隠れて、暗くなるのを待ちます。水番人が寝静まるのを、じっとうかがいながら待つのです。そのうち、幼子が泣くので、その都度、口に手を当てて水番人に見つからないようにし

たき火を囲んで話する９人の子どもたち　画　山口十和（脊振中２年）

ていますが、どうにもなりません。意を決したお萬は、まず、2歳になる可愛いわが子を滝の中に投げ捨てて殺すのです。明日は必ず水を落とすぞと、お萬は決心するのです。

明日、どうしても水を流さなければ、田植えは出来ません。自分一人の身軽になったので、一目散に蛤水道へ行きましたが、佐賀の水番人に見つかり、福岡県の方へ流すことができませんでした。このまま帰っては、赤子に対しても、村人に対しても申し訳ないと蛤水道の横の滝に身を投げて死んでしまいました。この滝が、お萬の滝と呼ばれ、赤ちゃんを捨てた滝が稚児の滝と言われるようになりました。(おしまい)

すると、五郎が「一郎兄ちゃん、あした帰るとき、自分で歩いて行く」と力強く言うのです。まさか自分もおんぶされていたらお萬さんの子のように、あの寒々とした凍り付くような滝に投げ捨てられるのでは、と子ども心に思ったのでしょう。

ここで、山伏だった私から、読者のあなたに戦国時代の話をします。

先ほど、子どもたちが通って来た場所ですが、そこに切通しがありました。そこを通る時、子どもたちが「ここは横風が吹かん。雪も降らん」「ワーよかねー」と言った所です。ここはお遍路さんや山伏、行者の人たちが願をかけた場所で、ここで自分の願い事を小石に託して、1つ人のため、2つ親のためと唱えながらお参りし、そこに供えるのです。すると小石がだんだん高く積み上げられ、それが小山となって、やがて菩薩峠と呼ばれるようになったのです。

日本の戦後の映画史上大ブームとなった『大菩薩峠』。その著者中里介山が世界一の長編小説と豪語した作品です。大正2年から昭和16年まで28年の長きにわたり書き続け、時代大衆小説の古典と呼ばれ、芥川龍之介、菊池寛、谷崎潤一郎たちもこぞって名作と讃えたあの『大菩薩峠』ですが、小川内の菩薩峠もそれに負けてはいません。

戦国時代に脊振山の西側に、神代《くましろ》一族が山城を構えていました。神代一族のことは、地元でいろいろと美化した素晴らしい文献が多数ありますが、戦国時代のこと、すべてが文献通りとはいかないと思います。

永正6年（1509年）、筑後を追われ手傷を負いながらも、肥前の金立に命からがらたどり着き、その後、三瀬の城主となりました。そして、少弐冬尚を支援して龍造寺剛忠を攻めて行くのですが、川上合戦で敗北しました。神代一族は平野部での戦《いくさ》が苦手でしたが、山地での戦は抜群に強く、鍋島との戦を山地で繰り返した際、これには一度も負けていないのです。肥前の藩主鍋島公より、通達があっても「話があるなら、そちらの方から出向いて来んか！」と言って、鍋島を出向かせていたとのことです。

戦国時代のこと、今の三瀬、富士町、脊振、小城の天山辺りを縄張りにしていました。

肥前（佐賀）から筑前（福岡）への三瀬峠（旧名・杖立峠）は、今でいう「有料道路」みたいなもので、かなりの〝売り上げ〟があったと思われます。そして資金がたまれば再三、筑後方面の蒲池、西牟田らと乱戦を繰り返し行ったのですが、やはり平地での苦手は抜け切れず、何度も負けて逃げ帰っていました。しかし、山手に入った途端、反転攻撃でいつもすごい逆襲を加えていたのです。負けて逃げ帰っているのを、勝った方はどんどん追いかけて来ます。追手の軍勢は、切通しを抜け切る前に、前後の大木の戸でふさがれ、上の方から大きな石を投げつけられ、弓矢、そして槍でつきまくり一網打尽にたたき殺されるのです。

この場所は筑後の蒲池や西牟田の夜襲、奇襲を恐れて、ここに見張り番所、今でいう営業所を置き、切通しを作って、敵兵を誘い込んで皆殺しを行った所です。この山地での戦の恐ろしさは、戦国時代といえども平地の武将には恐怖の的でした。まさに「大菩薩峠」の殺戮《りく》と互角の展開です。映画の『大菩薩峠』のほとんどの場面が、終わりなき試し斬り、辻斬りのシーンでした。小川内の菩薩峠もいつ終わるとも知れない果てなき戦が続きました。その後、菩薩峠の小石は戦後、進駐軍が脊振山頂への道路を造る時に捨て石として全部使われました。さすがアメリカ人、日本人ならたたりが恐ろしくて、とてもとてもそんなことはできません。

今回、山師の子どもたちが泊まった小川内集落から霊仙寺《りょうせんじ》周辺の山のことを、明治7年頃まで脊振山と呼んでいました。そして今の坂本峠を脊振峠と呼んでいたのです。明治の初期、松隈の脊振山と今の脊振山と、2つの脊振山が存在していました。

現代の話になりますが、平成14年12月、ここに突然ダム建設が決定したのです。この豊かな自然の小川内集落全体、つまり自分の生まれ育った家、学校、お宮、お寺、田、畑、小川などが水底に沈むという事は本当に聞くも辛い事です。なんと悲しい出来事でしょう。この670年もの間、鍋島藩と黒田藩の水争いに、しっかとニラミをきかせ佐賀平野を潤し続け、豊かな実りをもたらした小川内の水。防人《さきもり》として人知れず、仕事に励んでこられた律儀《りちぎ》で素朴な人々の歴史がある小川内。まさに人知れず、そして凛《りん》として生き抜かれた小川内の祖先の方々の恩恵を私たちは絶対に忘れてはなりません。

私たちは小川内が水底に沈むのをしっかりと見届ける生き証人として、できれば、この本をいつまでも手の届く所に置いて、福岡県内外の方々に話してほしいと思います。佐賀県の防人として670年間もがんばり福岡県にニラミをきかせていたのが、今度は一転して福岡県のために大切な故郷と思い出のすべてを犠牲にして、なおかつ「反対」の大声も発せず、黙って苦渋の選択をされた小川内の人々。ますます小川内の方たちの根生（がまん）強さを感じます。だから、時の文部大臣が3回もこの山奥の小川内小学校の授業参観に訪れたのだと思います。まさに、清らかな脊振山の水そのものです。

私も山伏として25年間、脊振山、脊振神社に世話になりました。せめてものお礼として、ダムに沈みゆく小川内の土地名をゆっくりと述べさせていただきます。山伏のしずめの儀とともに……。

字

古小川内《ふろうごーち》	瀬井川《せむいご》	堤ヶ原《つつんがはる》	深田《ふかた》	猫峠《ねことうげ》	長谷《ながたに》	矢落《やーうち》
加藍渕《がらんさん》	墓《はか》の上《うえ》	墓《はか》の下《した》	礫ヶ谷《つぶてがたに》	お岩《いわん》の谷《たに》	大牟田《うんた》	中畑《なかばたけ》
又谷《まただに》	渕下《ふちじも》	近道《ちかみち》	稚子落《ちごおとし》	前田《まえだ》	宮《みや》の裏《うら》	宮《みや》の下《した》
一本杉《いっぽんすぎ》	前川《まえがわ》	川原《こーら》	八竜山《はちゃーさん》	森《もり》の裏《うら》	猪川《しょごー》	
助の谷《すごんたに》	南《みなみ》	丸山《まるやま》	滋海山《ぢかいさん》		加勢原山《がせばるやま》	寺屋敷《てらやしき》
寺《てら》の上《うえ》	寺《てら》の下《した》	寺《てら》の坂《さか》	寺山《てらやま》	穴釜《あながま》	石南《しゃくなん》の辻《つじ》	大凹山《おーくぼやま》
金比羅山《きんぴらさん》	溝洗《みぞわら》	氷倉《こおりぐら》	お萬泊《まんどまり》	包石《つつみいし》	堀《ほい》	釜《がま》

出切《できい》　五郎兵衛《ごろべー》
鹿《か》の猪谷《ししたに》
不動山《ふどうさん》
久衛釜《くえもんがま》
岩立《いわたて》　オモノ木カクラ《おものきかくら》
穴釜《あながま》　花子《はなこ》ダラ
豆野《まめの》　長石《なぎゃーし》
別名古代は笹の内
三畝町《みつぜまち》　椿《つばき》の下《した》
野間ケ谷《のまがたに》
西ベラ《にしべら》
片へラ山《かにへらやま》
豆尾《まめお》　亀石《がめいし》
五次郎岩《ごじろーいわ》

登尾《のぼりを》　お萬ケ滝《まんがたき》
鹿《か》の尾《お》
楠ケ谷《くすのきがたに》　長藪《やぶ》
竜笹原《しゅうざさばる》　柿ノ木《かきのき》ツボ
打越《うちこし》
ウボ山《やま》　正札下《せいさつもと》
丸尾《まるお》　藤原《ふじわら》
宮の瀬《ぐーのせ》　桜宮《さくらぐー》
川原《こーら》　前田《まえだ》
頭石《かぐめいし》　大原《うーばる》
からす谷《からすたに》
大開《うーびらき》　ジュルカイ《じゅるかい》
大谷原《うーたんばる》　一人遍人《ひといせんど》
長原《ながひゃー》　鳥居ケ原《とういがはる》

夫婦石《みよといし》　徳阿弥《とくあみ》
阿弥陀山篭原《あみださんかごばる》　平口原《ひらくちわら》
茅立《かやだて》　又谷《まただに》
巻藁畑《まきわらばたけ》　涌山《わくやま》　二ガ所《にがどころ》
大タブ《おおたぶ》　カキガ谷《たに》
権ケ坂《ごんがさか》　豆野《まめの》　竜尾《りゅうーお》
尻無尾《しりなしお》　大野《うーの》
竹の出口《たきんでぐち》　作開《さくびらき》
五畝田《ごせだ》　花田《はなだ》　笹原《ささばる》
竜笹《りゅうざさ》　芋山《いもやま》　深谷《ふかだに》
ドックー谷《どっくーたに》　裏田《うらだ》
雪穴《ゆきあな》　前川《まえがわ》　三つ尾《みつお》
大谷《うーたに》　角石原《かどいしわら》　竹の屋敷《たけんのやーしき》
威張山《いばるやま》　火動ケ原《ひとーがはる》

貞兵衛谷《さだべーだに》　竹の屋敷《たけんやーき》　香椎山《かしいさん》　蛇谷《じゃだに》　樵の家《そまのいえ》　黒岩の谷《くろいわのたに》
一本松《いっぽんまつ》　猪見石《ししみいし》　薬師ケ瀬《やくしがせ》

これらすべての地名が脊振の清らかなおいしい水となり、将来にわたって、福岡市を潤すのです。アンドレ・ジャピー氏のふる里フランスの、シャンソンの名曲『おいしい水』という美しいメロディーの曲がありますが、読者の皆さんへ、この曲を捧げます。

ふたたび、山師の子どもたちの話に戻ります。外は真っ暗な闇に吹雪です。寒い北風が木々の間から吹き荒れていますが、洞穴の中は松の木のたき火で、とても柔らかでポカポカした気持ち良い温かさです。温度もしっかりと上がっています。末っ子の五郎が「アーアー面白かった。一郎兄ちゃん、何でん知っとんネー」と感心した言葉を発します。そして、「アー、ヌッカー。ねむとうなった」と言って、枯れたヨシのしき草の上にゴロリと横になり、眠り始めます。冬の山、雪の山で寝ることは、ほとんど凍死を意味します。しかし、この山師の子どもたちは見事に生きる術《すべ》を熟知しているのです。春子が、全員のポイシンの破けたのを繕いします。この頃の女の子は、いつも針と糸を持っていました。そして、一郎と二郎が代わる代わる寝て、ということはつまり、代わる代わる「寝ずの番」を務めて夜の明けるのを待つのでした。

第3章　ジャピー氏救出の巻

一方、山師の大人たちは、真っ暗闇の脊振山中で、やっと生木の折れたにおいを嗅ぎつけ、北北東1里の所とつぶやき原生林の中へ消えて行きます。

やがて、アンドレ・ジャピー氏を担いだ山師たちは、氷雨で地面が濡れて、滑りやすくなった断崖絶壁の岩の上を、ワラジを履いた足裏で、少しずつ、地面をさぐりながら、「足指歩き」で、確実に1㎝、また1㎝と進んで行きます。まるで足裏に目が付いているように、地面をしっかりと、つかみながらの確実な動きです。

6人で担いでいるうち、1人でも足を滑らせたら、全員一気に谷底へ転落します。藁蓑は着ていますが、氷雨がしっとり体に浸みて来て、体温をどんどん奪っていきます。急ごしらえの担架に担がれているアンドレ・ジャピー氏は、出血が止まらず体温も下がり続け、意識がもうろうとしていますが、薄れる意識の中にも、パイロットの本能と習性で、担いでくれている人たちのバランスが少しでもうまく取れるようにと、頭を右へ傾けたり、左手を外へ伸ばしたりして、大けがした体を懸命に痛みに耐えながら動かすのです。疲労と寒さに耐えながら目だけはギラリと光っています。もう歯をくいしばる力さえ残っていません。6人が吐く白い息だけがたちのぼって生きている、動いている証みたいな気がします。身を切るような寒風の中、久保山の脊振神社を目指します。さあ、大空で繰り広げられた大スペクタクルと、名もない脊振村の男たちの壮絶な人情物語が始まります。

お部屋をあたたかくして、ラストシーンをお楽しみ下さい。

先ほどから、集落の公民館そばにある村の半鐘が、ひっきりなしにけたたましい音で鳴り響いています。野良仕事や山仕事に出ていた男たちが急ぎ足で帰ってきます。「警防団集合」の合図です。約束の30分後に集合した炭焼きの合田竹一さん、陣内勝次さん、納富末吉さん、執行栄一さんら山師たちはしっかり腹ごしらえをして、背中にはにぎりめしを背負い、竹筒にお茶を入れ、藁蓑を着て、腰にナタをたずさえてのいで立ちです。脊振神社で柏手を打って全員身を清めます。入山の無事を祈り、安全祈願をするのです。脊振神官も夕方より、みたけ大岩あたりに夜暗くなって行くのですから、まさに危険な山入りです。渓谷を横断したり、縦断するのですから、いつもの山入りの安全祈願よりも、少し声が高い気がしますし、顔色も少し青味がかっています。全員が入山の厳しい顔になります。まさに、山に入る覚悟の顔つきになるのです。

墜落場所は北東の方角で、一番険しい大岳の近くだと見当をつけ、全員、縄を肩げて出発します。そして、誰からともなく先達を作り、山を登り始めました。ナタで木の枝をたたき切りながら、墜落現場を目指します。脊振山も、7合目辺りから斜面が険しく、大きな岩がゴロゴロしています。岩をよじ登り、そして枝を払いながら、先達が道を切り開いていきます。そのおかげで、後に続く本隊はスムーズに進む事ができます。目的地は、おそらく谷川沿いの岩が張った、岩峰付近だろうと見当をつけて進みます。雨が降り、霧がかかり、冷たい風が吹く中での登山です。

目的地がズレていなければ、3時間半程でたどり着くはずです。山や峰を1つずれたら、深い谷川を一度下り、また登らねばなりません。これがとっても厄介なのです。次の峰が、たとえ150m先でも、一度谷川まで降りて行く訳ですが、その分また登らねばなりません。延々と高度差300m~600mを下り、そして登らなければなりません。

こんな谷川沿いの渓谷の斜面は大体65度~85度位の急斜面です。脊振山は山の奥が幅広く、かつ深いのです。それに渓谷の谷の深さが厳しい山脈です。山奥や山頂近くの渓谷ともなれば、ほとんど枝木を、岩をつかみながらよじ登らねばなりません。急斜面の木は岩と岩のすき間に、根を張っていますので、木は小さく細く、また根がしっかり張っていませんので、しっかりと掴んでいても根から抜ける心配があり、神経を使います。常に3人1組でロープが必要となります。急斜面や、岩場の多いところ、岩の深いところなどは延々と遠回りしなくてはなりません。まさに150m先に行くのに3㎞位険しい木々の中の斜面を回り道しなくてはなりません。ほとんどが70度~80度位ありますので、手を滑らしたら、一気にすべり落ちて助かりません。

ここで、もう少し脊振山について説明します。

一般の人達は脊振山といえば、脊振山頂に建っている航空自衛隊と、弁天社さんがあるだけと思われていますが、千代田町あたりから脊振山を見たらよく分かりますが、レーダーが各山頂の峰に1基ずつ、計3基建っているのが分かります。

一応、向かって左が福岡気象観測所のレーダーで、台風情報の時、日本で一番活躍するレーダーです。あとの2基は、北朝鮮等にニラミをきかせている航空自衛隊のレーダーです。

ちなみに、脊振山付近には、大きな峰が20本位あります。唐人舞、鬼ヶ鼻、漁師ヶ岩、高障子、唐船、蛤岳、大岳、中岳、西岳、東岳、畑岳、岩岳、北岳、南岳、林岳などです。

それらを見られたら、脊振山がいかに複雑な山か、お分かりいただけると思います。遠くから脊振山を見れば、美しく、優しい姿をしていますが、奥へ入れば、とても厳しい、複雑な山なのです。

ここで福岡気象観測所のレーダーについて少しご説明いたします。脊振山の九六〇高地に昭和26年3月完成。地上6mの鉄塔上に直径3mのサラ型パラボラ・アンテナを備え、電動モーターで1分間に12回水平に回転し、垂直に45度まで傾くようになっています。パラボラ・アンテナの映像は、この脊振山から福岡市大濠公園にある福岡管区気象台へ送られ、そこでスクリーンに再生されます。なおこの福岡気象観測所のレーダーは、佐賀県にあるのに、福岡気象観測所と言われ、地元民としては少し歯がゆい気がします……。

やがて、先達の3人は、7合目辺りまで進んで来ました。もちろん、この辺は獣道《けものみち》もなく、木にしがみつき、草木をかき分けつつ、ナタを振りかざしての前進です。やがて陽が暮れて、暗くなります。

ここで、説明しておかねばならないことが、平地と山地とでは、日没が秋冬は1時間30分位違います。とにかく山は、午後すぐに暗くなるのです。ましてや、天候が悪いときは、もっと早く暗くなるのです。暗くなったら一気に温度も下がります。これが体にこたえます。前進しようか、一度引き返して明朝出直そうか。それとも後発の本隊が追いついて来るまで、どんどん手探りで進んで行こうかと相談していた時、後発の集落の警防団が提灯《ちょうちん》をかざして登って来たのです。

ここでまた、説明ですが、誰も分け入っていないところだと、前進するのがとても大変です。ところが、先発の人が山へ分け入った場所は、平野部の人には分かりませんが、山師の人たちは、嗅覚と感覚がすごいのですぐ分かります。それに、真っ暗い山道でもサッサと歩く事が出来ます。これは、私たちには絶対に無理です。

ナタを入れるのは、先へ進みやすいようにするのですが、山は右へ進んだり、左へ進んだり、たまに一度下ったりします。その時、右へ曲がる時は、たたき切った大きな木の枝を、右の方に切り口の枝を置きます。そのまま進むときは、たたき切った枝を木の下へ、切り口を進行方向へ向けて置くのです。ベテラン同士の山師たちだと、11時方向、12時方向、ハッキリと判断出来、ナタ切りを行なうことが出来ます。

そして、ていねいな人はナタを入れた木に、方向性の立てキズを入れます。これも、後の人が見落とさないように、直進だったら真正面に10㎝位入れるのです。いくら暗くなっていても、いくら木が繋っていても、先に人が通った所は、そのルートを外れることはないのです。そして、後発隊の人も、ナタでたたき切った枝で、再確認が出来るのです。これはまさに、山で生まれ、山で育ち、山で生きた人たちの才覚です。私たち平野部の者は、山へ分け入って、雑草と雑木が生い繋ったところだと、方向さえ分からなくなります。私も山伏を25年やっていましたが、最後まで、いつも迷っていました。本当に山は難しいのです。

やがて、先発の6人と、後発の提灯の明かりを持った警防団が合流するのです。これで明かりが来た事と、人数が増えたので、一気に気合が入ります。そして警防団の訓示を聞くのです。もし、まだ生きていたら、人命は一刻も早い方が命は助かる。俺たちがやらねばやる者はいない。自分たちの心意気、山師の魂、そして警防団の使命をしっかりと話します。全員この訓示で、もう一度しっかりと気合が入ります。そしてまず、一口ずつ竹筒のお茶や水で給水したりして、一気にラストスパートをかけるのです。

いよいよ斜面も険しくなってきます。急斜面の角度は65度位になり、もう足の力よりも、手や腕の力で雑木をつかみながらの登山となります。気持ちははやるのですが、体がなかなか進みません。それでも提灯片手に、一歩また一歩と進んで行きます。出発する時、「飛行機が落ちた、見に行こう」位の気持ちだったのが、警防団の人たちは使命感に引き込まれ、人命救助へと気持ちが変わっていきます。

いよいよ山奥、斜面も急勾配で65度以上。上半身は、手と腕で木をつかみながら行けますが、足の踏み場に苦労します。一歩進むのに時間がかかります。それに木の枝が邪魔をするので、ナタでの作業は木の繁り方がどんどん深くなるにつれて、困難を極めます。全員、脊振山の奥へ奥へと進んではいますが、大体この方角だという漠然《ばくぜん》としたもので、ハッキリした位置、目標は分わかりません。頭の中に不安といらだちがどんどん募ります。こんな急勾配の道なき道を木の枝を払いながら行くのですから、1時間歩いたとしても1km位しか進めません。しかも山師と言えども夜中の事です。山中は真っ暗闇で、霧もかかっています。脊振山周辺の渓谷は高低差300m～800mあります。山脈ですので、横幅、奥行きがとにかく広くて険しいのです。目標地点も大方の予想で漠然としています。

やがて入山から3時間がたちました。急勾配の斜面で、全員が立木にもたれつつ立ったまま休憩をとっていた時です。執行栄一さんが、「生木の折れた臭いがする」と言うのです。生きた木は枝を引き裂けば素人にも分かりますが、かすかに生木の臭いがします。さすが山師です。「この先、3、4km位の所に間違いなかか」と言うのです。今度は先達の山師たちが、集中して風が吹いて来る方向を見ると、山風に吹かれてこちらに臭いが流れている。今まで、しっかりした目標物がなかったのですが、目的地が確信できた事で、一気に全員、息を吹き返したように活気づくのです。そして

1歩また1歩と生木の臭いをかぎながら、確実に近づいて行くのです。しばらくすると、折れた大きな枝がありました。しかし、まだジャピー機は見つかりません。とにかく必死でここを抜けて飛んで行ったのだろうと、誰の目にもハッキリ分かります。あっち、こっちで大きな枝が折れています。「ウワー、えすかったろネー」と、誰かがつぶやいています。そのまま前進していると、今度は岩肌に白く、かきむしったような大きなキズがあります。しかしまだ、飛行機は見つかりません。最初に木の枝が折れていた所から、もう40分以上歩いています。

「どこまで飛んで行ったとやろか」と、全員が不安になりかけた時、ナタ切りの先達の陣内勝次さんと合田竹一さん、そして納富末吉さんの3人が、アンドレ・ジャピー氏の墜落した赤い飛行機にたどり着くのです。

赤い飛行機の室内を提灯で照らして、恐る恐るのぞいた時、操縦していたアンドレ・ジャピー氏が血だらけになりながら、かすかに生きていたのです。脊振の山で生活している山師たちは、全員、西洋人の話を聞いた事がありますが、まだ見た事はあ

墜落現場

北緯 33 度 25 分 42 秒 869

東経 130 度 22 分 17 秒 331

墜落時刻

当時の人達 30 人以上の証言を総合して

午後 3 時 40 分位かと思われます

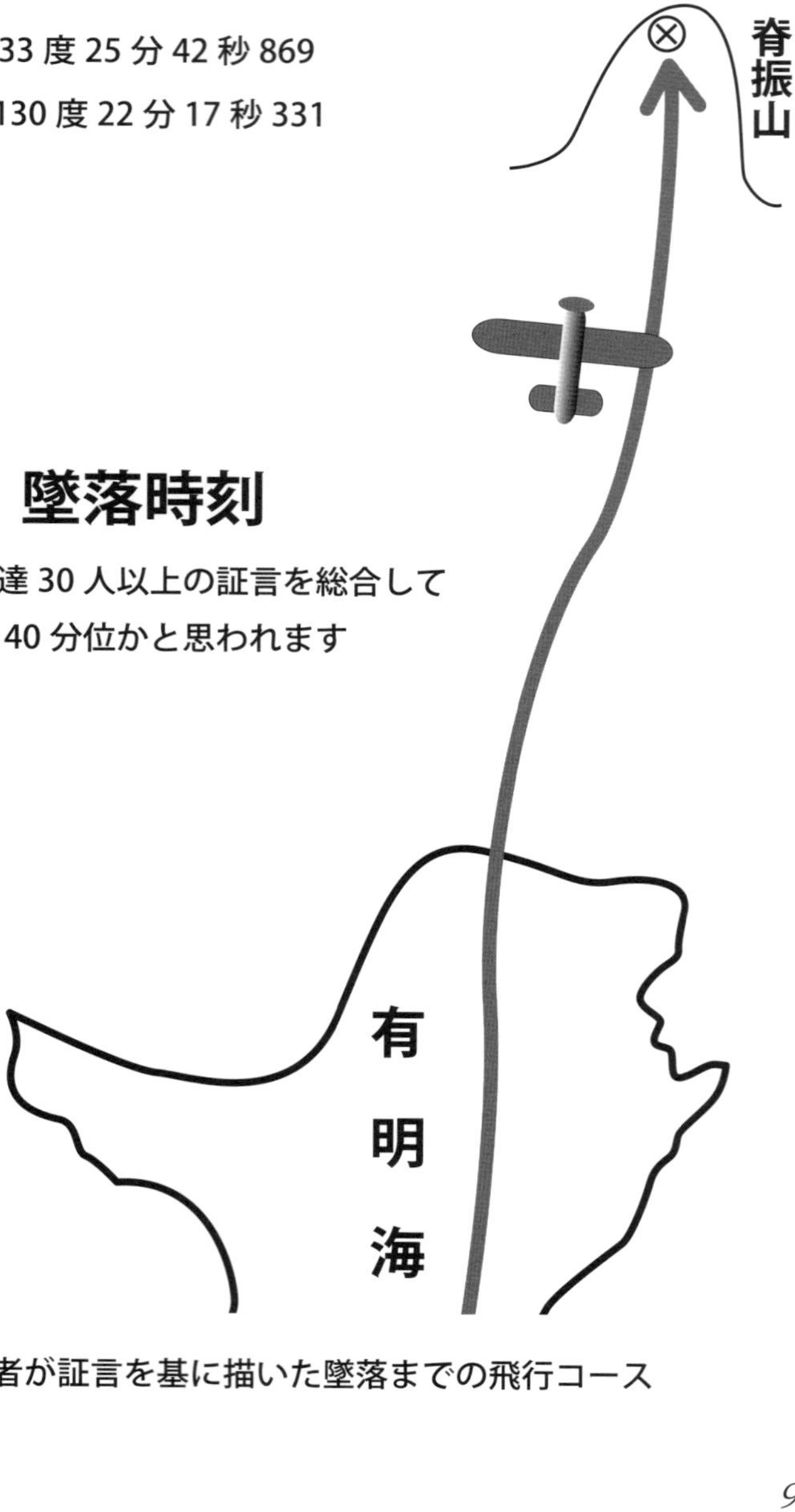

著者が証言を基に描いた墜落までの飛行コース

りません。まず、髪の毛が赤いのに驚きます。顔の色が違うのにまたビックリします。さらに、目ん玉が青いのに腰を抜かすのです。しかし、驚きで腰を抜かしている暇などありません。飛行機が半分、木に引っかかってぶら下がっているのです。下手したら、そのまま今登って来た急斜面を転がり落ちる危険があるのです。木に引っかかったことがクッション代わりとなり、ジャピー氏は死なずにすんだのです。おまけにガソリンが空だったのも幸運でした。飛行機は墜落したら、燃えるか、爆発します。辺りのカズラを探して、飛行機が落ちないようにカズラで木にくくり付けるのです。又、警防団が持ってきたワラ縄でもう一度、しっかりと木に縄を結び付け、飛行機を固定してから、例のナタで飛行機をたたき切るのです。

とにかく、早く飛行機から引き出さなければなりません。引き出し作業のため、ナタで飛行機をたたき割っている時、その音と振動で、操縦士のジャピー氏は、気絶から目が覚めたのです。そして、山師たちを見た途端、目ん玉が飛び出る位ビックリしたのです。ナタで、自分の乗っている飛行機に馬乗りになり、たたき割っているのですから。しかも、自分の顔の前のフロントガラス付近ですので、まさに目の前。自分の頭、顔をナタでたたき割られている感じです。ものすごい恐怖が襲って来ます。しかし、警防団員としては、早く引き出さなければ、いつ飛行機がズリ落ちて、下の渓谷の谷底に引き込まれるか、気が気ではありません。

ジャピー氏は、フランス語で、「助けてくれ、殺さないでくれ」と叫ぶのですが、全く通じる訳がありません。

それどころか、山師たちは、ジャピー氏が「急げ、急げ、急いでくれ」と言っていると勘違いするのです。

1人で乗ってグラグラするのを、バランスを取りながら用心して、ゆっくりナタで叩いていたのですが、「そぎゃん、急《せ》っ込んで、はようせろ、はようせろと、ギャーギャー言うないば、ガンガン行くじゃ」とばかり、今度は3人がかりで、飛行機をメッタたたきして、こっぱがす（無理矢理はがす）のです。ジャピー氏の恐怖は、極限に達します。自分の目の前で、3カ所の方向からバッタ、バッタとナタが振り下ろされるのですから。ジャピー氏は、フランス語で「やめてくれ」と言っているのに、「急いでくれ」と勘違いしているお助け隊は、ついにもう1本、ロープを飛行機にくくり付けて手前の方へ、「セーノ、ヨイショ、ヨイショ」と揺すりたくり、引きずり倒し、ボロボロになして、「こいで、よかか」と言って、ジャピー氏を引き出すのです。

何とか救出されたジャピー氏は、山師の10人を見て、またビックリします。人相、いでたちから山賊が出たと思いこむのです。黒澤明監督の映画『七人の侍』の時、恐ろしい身なりの山賊や悪党たちが出て来ますが、この山師の凄味、迫力にはとてもかないません。映画の場面をはるかに上回っています。なにせ顔は炭焼きをしていますので、ススで熊みたいに真っ黒ですし、山仕事ですので、無精ひげも伸び放題で、腰には鎌を携え、右手はナタを持っています。おまけに無口ですし、極めつけは氷雨が降っているため、頭から藁蓑を被るいでたちは不気味で、恐怖なのです。まさに真っ暗闇の山奥で、10人の凄味のある山師たちに囲まれ、明かりといえば、これまた不気味で薄気味悪い提灯1つです。まさに、『インディ・ジョーンズ』の佐賀県版です。あのアカデミー賞3部門を受賞した名監督、スティーブン・スピルバーグ監督、そして制作指揮ジョージ・ルーカス、そして主演ハリソン・フォードのアドベンチャー大作、あの『インディ・ジョーンズ』の映画をも、このシーンだけなら完全に上回っています。

脊振山の山奥で、突然、藁蓑をひっ被った顔は無精ヒゲモジャモジャに真っ黒の炭のススをつけ、目ん玉だけが白くて、ギョロギョロしています。こんな顔を見たら、驚きを通り越して、恐怖の極限に達し、「殺される、食べられる」と思うのも当然です。しかし、山師たちもまた、赤鬼のような顔をして、髪の毛が赤く、目ん玉が青なんて初めて見る訳ですから、お互い本当にビックリだったたと思います。

何とか、飛行機の操縦席から引きずり出した後、ここからがまた、大変です。まず、担架を作らなければなりません。木刀にちょうどいい位の木を、背丈より少し長くして、4、5本用意します。それをカヅラでしっかりとひっきびる（固定する）のです。その上にミノと、パラシュートの布を敷き詰めて、にわか仕立ての担架を作るのです。ジャピー氏をにわか仕立ての担架に寝かせ、警防団が持参したワラ縄で、ギンダラ巻にしっかりと結び付けるのです。

ジャピー氏は、「助けられた」と安心したのも束の間、今度は、ワラ縄でギンダラ巻にひっきびられるのですから、これで磔《はりつけ》になるのかと、またしても、殺される恐怖を感じるのです。そこでお助け隊の1人が、沢から水を汲んできて、飲ませてくれたのです。

ジャピー氏は、日本では死ぬ時、「死に水」を与えるという事を聞いたのを思い出します。今度こそ殺されると確信します。しかし、けがの痛みのせいか、のども渇いていたので、水が欲しくてたまりません。どうせ殺されるのなら、しっかり飲んで死のうと、覚悟を決めます。脊振のおいしい水をたっぷり飲んで、これが「死に水」というのか、本当においしい水だと感じるのです。

しかし、何だか様子が違うのです。警防団員や、熊みたいな恐ろしい身なりの人たちが、雨に濡れる顔を、優しくテンゲ（手拭い）で代わる代わる拭《ふ》きながら、「墜落の時、えすかったろーネ。衝突の時、痛かったろーネ。オイどんが脊振神社まで担げて行くけん、心配せんでよかョ」など、警防団員がジャピー氏の顔を拭きつつ、慰め、励ましの言葉をかけるのです。ジャピー氏も、これは親切な助け人だと、やっと安心するのです。言葉は全く通じませんが、緊迫した空気が少し和みます。全員が今

山師たちがジャピー氏を救い出す際、互いの顔を見てビックリ　画　山口十和（脊振中２年）

まで履いていた地下タビを脱いで、腰にぶら下げた草鞋《わらじ》に履き替えるのです。

地下タビについて少し説明します。地下タビですが、山師たちは月星製のタビを履いていました。警防団はアサヒ製のタビです。まず月星のタビですが、明治6年（1873年）、倉田雲平氏が立ち上げた「つちやたび」。これが後の月星靴のスタートです。月星の地下タビの特長は、足の指先の先端が太くなっているため力がしっかり入るので、山仕事、畑仕事に向いていました。他方、アサヒタビですが、明治25年（1892年）、石橋徳次郎氏が「しまや足袋店」を開業します。これがのちのアサヒ靴です。アサヒタビの特長は、足の指先がスマートに真っすぐできていたため、とても歩きやすかったのです。歩兵隊や警防団に人気がありました。

全員がおもむろに腰ひもに吊り下げていた新品の草鞋にはき替え、足首を草鞋のひもでしっかりと固定して、背中に背負っている竹筒の水筒の水を一口飲んで、口にふくんだ水をブーッと吹きかけ、気合を入れるのです。まさに力水です。これで全員ビシッと気持ちが同じになります。

そして10人全員が代わる代わる担いだり、あるいは担架にロープをかけて引っ張りながら、ブレーキをかけつつ足場の悪い65度位ある断崖絶壁の岩場の上を、ゆっくりゆっくりと確実な足指歩きで担架を持ち上げながら、落とさないように慎重に真っ暗闇の山の斜面を提灯で照らしつつ下りて行くのです。雨で地面は濡れています。

6人で担いでいますが、1人でも足を滑らせたら、全員が谷底へ一気に落ちます。藁蓑は着ていますが、氷雨がジワリと体に伝わって来ますし、寒さも11月といえども、当時脊振山頂は雪が降っていました。夜中になるにつれ、小雪交じりの氷雨と風が強くなり、体温がどんどん奪われます。そして、だんだん体力も落ち、疲れも重なり、全員の手はしびれて来ます。しかし、体を使って支えたり、抱えたり、また膝で止めたり、支えたりと頑張るのでした。

6人全員が体全身を使い、各人が工夫して足の指先で進むのです。65度の足場の悪い斜面を、担架を支えながら少しずつ進むのです。時間がかかるのと同時に、ますます山の風が全員の体を冷やします。ただでさえ足場の悪い斜面が、小雪交じりの雨で、いよいよ滑りやすくなります。

現代人は、草鞋を笑いますが、岩の上を歩く時、足の裏全体が、ピタッと岩の感触をつかみ取る事ができます。草鞋だとしっかり斜面を、地面をつかみながら、進むことができます。草鞋だからこそ、足指歩きが出来るのです。もし現代人の登山スタイル、いま流行の山ギャルなどのキャラバン・シューズだとしたら、とてもカッコー良く、カラフルで安全みたいな気がしますが、底が固くて厚いので、地面や岩肌の感触がつかめません。しかも、足指歩きができないので、どうしても、足を地面から上げなければなりません。その瞬間に、バランスが崩れるのです。すり足で行ったら、もっと危険です。相撲や柔道を見てください。相撲や柔道は、はだしで行ないます。これが、山歩き用のキャラバン・シューズを履いて行ったとしたら、自分の実力の半分も発揮できません。ですから、現代人が当時と同じ条件で救出作業を行なったとしたら、無理だと思います。

何度も言うようですが、6人で担いでいるうちの1人でも足を滑らせたら、谷底へ転落します。真っ暗闇の山中での男たちの苦闘が、長く、ズッシリと続きます。1時間、また1時間と過ぎ、体の冷えと肩や手にかかる負担が男たちの体に重く、苦しく効いてきます。

しかし、1人として、きつい、辛い、寒いの言葉は出ません。全員、しっかりと呼吸が合った下山です。さすが山師。3時間過ぎても、まったく乱れません。いつも、山奥でひっそりと生活している人たちですが、本当に輝きを放った地味な行動です。目をしっかりつぶっているような真っ暗闇の中、きつい斜面を足裏で地面を少しずつ、ゆっくりと探りながら、確実に、1㎝また1㎝と、少しずつ進んで行きます。まるで足裏に目がついているような、確実な動きです。足裏の敏感な部分で探っているのですから、地形をしっかりととらえる事ができます。

重体のジャピー氏の体は、大量の出血が止まりません。それに強い打撲と骨折の腫《は》れがものすごく盛り上がって来ています。全身痛くてたまらないのに寒さも加わり、体温がどんどん落ちてきます。そして意識が薄っすらと消えかかります。しかし、ボーっとした遠い意識の中にも、パイロットの本能というか、習性が出てくるのです。スポーツカーのレーサーや、バイクのレーサーなど、コーナーやバンクなどの時、頭の位置、首の角度はとても重要です。パイロットとなれば、なおさらです。寒さの中、遠くなる意識の中でも、担いでいる人たちのバランスが少しでもうまく取れるようにと、肩の骨が折れ、首がとても痛いのに、頭を右へ傾けたり、左手を外へ伸ばしたり、大けがした体を、必死で痛みに耐えつつ動かすのです。完全に無意識の状態ですが、10人全員が、完全に一心同体の気持ちになるのです。まさに、10人全員が、「生きる」「生かす」という、必死の気持ちで心が一つになったのです。

とは言っても、山はそんなに甘くはありません。初冬の山は、ますます厳しさを増して来ます。山頂は雪でしたが、7合目辺りはみぞれ。それに冷たい風が吹き付けます。体を動かしている山師たちも、体が完全に冷え切っていて、もう全身が震え、かじかんでいます。

ジャピー氏は、びっしょり濡れた服で担架に横たわったまま身動きもできず、体を

担架のジャピー氏を必死で担ぎ山を下りる山師６人　画　山口十和（脊振中２年）

動かないため、凍えてしまいそうな寒さです。先ほどから指先さえピクリともしません。右へ、左へ、斜めになっても、もう全く反応を示しません。完全に冷たくなっています。

山師たちが、初めは何やら声をかけ、ジャピー氏も何とか、うめき声を発していましたが、この頃になれば、完全に10人全員が夢遊病者のような動きです。もういつ、だれが足を滑らし、全員谷底へ落ちても不思議ではない動きです。氷雨で濡れ冷え切った体に、山奥の冷たい風が容赦なく吹き付けます。60度の険しい斜面で体の大きなジャピー氏を担いでいるのですから、途中で止まる事は出来ても、降ろす事は出来ません。普段でさえ無口な人たちです。この寒さと体力の消耗でなおさら無口になります。

急勾配の下りを進むのに、右先頭を担いでいる合田竹一の肩に負荷が一気にかかり、ついに右足の草鞋《わらじ》のひもが切れます。こんな山奥です。片方素足になった足裏にトゲが刺さります。岩の上は刃物と同じでたちまち足の裏が血まみれになりました。しかし、この状況では、足場の良い所まで我慢するしかありません。

まだ、脊振の山道までかなりの距離があるのは、全員分かっています。提灯は、途中の氷雨で中が濡れてしまい、今は真っ暗の山の中を手探り、足探りで下山しているのです。このままたどり着くことが出来るのか、疲労と寒さに耐えながら目だけはギラリと光っています。もう歯を食いしばる力さえ残っていません。6人が吐く白い息だけがたち上って、生きている、動いている証みたいです。身を切るような寒風の中、気持ちだけは脊振神社を目指します。「オーイ」と大声を張り上げれば、静かな山奥です。聞こえるかもしれません。しかし、もう、そんな体力も気力も残っていません。完全に限界を越えています。体が疲れて冷え切り、かすれ声すら出ません。

その時です。下手の方から、提灯をかざして、青年団員たちが一気にかけ登ってくるのです。山の人たちの嗅覚と感覚です。そして、青年団員に付き添われ、肩を貸してもらい、やっとの思いで山道へたどり着いたのです。さっそく、ジャピー氏を担架にくびっていたのをほどき、山道に用意しておいた大八車にむしろを敷いて、その上に寝かせるのです。ジャピー氏は、完全に冷たくなっていて、身動きも、声も発しません。

青年団員たちは、「かわいそうに、南無阿弥陀仏」と言って、手を合わせ、上半身にむしろをかけ、顔が見えないようにして、ジャピー氏の死体を公民館まで運ぶのです。そして、公民館の土間にむしろを敷き、頭を北にして寝かせるのです。

賢宥という山伏の新人が覚えたてのお経さんを上げるのですが、本物の死体の前で心が動揺して、ときどき詰まったり、つかえたりしますが、この下手さが妙に涙を誘うのです。般若心経のお経さんを、1巻目は少し詰まったり、止まったりしましたが、2巻目、3巻目になるにつれて、だんだんとリズムに乗ったお経さんになっていきます。いつも独りでお地蔵さんに向かい、野山で大声をはり上げてお経さんを上げているので、小さな集落全体に聞こえ、響き渡ります。静かな山間の小さな集落に、山伏の般若心経がこだまします。それはまさに、日本のブルースの原点の心地良いリズムです。

あっちこっちで、ばあちゃんのすすりなく泣き声が聞こえて来ます。心優しい、温かみのある涙です。「遠く外国から来られて、こんな山奥で、こんな姿になられて……」全く見ず知らずの人に、これだけの感情をかけられる、この田舎のばあちゃんたちの心優しさが、ジャピー氏に向けられています。山伏賢宥のお経さんは、ますますリズムに乗ってきます。ついに、そこにいる青年団員たちの涙も誘います。そして、10巻を締めくくるのです。最後は、山伏流の鎮めで納めるのです。これで、翌日の葬式を迎える事ができるのです。

「明日の葬式の喪主は、誰が良かやろか？」久保山には、土葬の墓が3カ所あり、「どこに埋めたが、このしったんは良かやろか？」「やっぱい、フランスに向けて、埋めてやったが良かろうね」「フランスはどっちやろか？」などと話し合っていた時、たき火と甘酒とおにぎりに熱い汁物で、我に返った警防団長が、公民館へ入って来て、「ちょっと前まで生きとった。急いで集落の診療所に診せてくれんかんた」と、大八車を引いていた青年団員に頼むのです。

しかし、提灯で顔を照らして見ても、顔を触ってみても、全く反応はありませんん。完全に、死人の顔をしています。とても冷たいので、「死んでいますヨ」と言いながら、「あんたたちが、せっかく担いで来てくれたけん、一応、念のために先生に診てもらおう」という事になりました。

そしてまた、大八車で急いで診療所まで運ぶと、診療所の牛島繁人先生は、ジャピー氏の目を大きく開いて、「まだ、生きとる」というのです。回りにいた青年たちは、今まで目を閉じていたので気づかなかったのですが、目の青さに、ゾッとするのです。それも、先生が、思い切り大きく、目ん玉が飛び出る位に開いたので、よけいビックリするのです。まず、お湯を沸かし、体をふきあげます。完全な出血多量の状態です。骨折も打撲も非常に激しいのです。それに体温は低く、とても危険な状態です。

さあ、田舎のヤブ医者の腕と度胸の見せ所です。田舎のヤブ医者と言いますが、当時は、山仕事の時や大木を切っている時に下敷きになったり、木材出しの時に大木が滑ったり、転がったり、そのハズミで岩にはさまったり、あるいは毒ヘビにかまれたり、山犬やイノシシにやられたりして、大けがをして動かせない時、お医者さんはヤブの中を分け入って来て、事故現場で治療をしていたのです。当然、荒治療になります。しかし、これで命は助かるのです。治療が荒いのは仕方ありません。ですから、軽くヤブ医者と言わないでほしいのです。国語辞典には、治療の下手な医者とありますが、設備の整った大学病院と、比べてもらったら困ります。とにかく事故でけが人が出た、動かせないのですぐ来てくださいと言われたら、先生は、黒色のがま口タイプの診察カバンを抱え、中年の看護婦さんは、ゴザと脱脂綿袋を抱えて現場へ。山道の登り坂、草の険しい下り坂をもろともせず、走って急行するのです。もちろん、ヤブなども、分け入って進みます。現場では、まさに野戦病院です。いや、野戦病院では、テントと水、診察台くらいはあるでしょうが、こちらは土の上、草の上に、ゴザ1枚敷いて治療をするのですから……。

ここで、脊振一の秀才といわれた、脊振郵便局長の八谷源吾氏が駆けつけます。当時では、非常に珍しく、フランス語を勉強した人です。

さっそく、「先生、痛か、やめてくれ」と言っております……と通訳すれば、「そいぎ、生き返って来よっということやっかんた。元気が出て来よる証拠たいね」と言って、荒治療の手を緩めません。それどころか、「外科の治療は荒治療でやった方が、治りの方は断然、早やかとです。今日は、手がどっさい揃うとっけん、押さえつけてもらうぎ、助かる」「さあ、しっかい押さえつけとけ。骨ば引っ張って入れるけん、ハネ上がって、あばるっちゃ」と言って、麻酔もしないで、切ったり、傷口をゴシゴシ消毒液で、こすりたくったり、塗りたくったり、まさに拷問《ごうもん》以上の仕打ちです。

あまりの痛さに、ジャピー氏はきゃーまぐれる（気絶する）のです。しかし、それでもゴイゴイやるのですから、その痛さで、また気を取り戻します。周りで押さえつけながら見ている警防団員や青年団員たちも、この先生の恐ろしさに口をアングリ開けて、ただ呆然《ぼうぜん》と立ちすくむのです。

すると、牛島先生が「しっかり手と足ば押さえとかんか！あばるっぎー、ひっくり返っっちゃっかー」殺気だった大声で、団員たちを叱り飛ばします。

かくて、久保山診療所の牛島医師の必死の治療と、キノエ夫人の献身的な看護の下、ジャピー氏は命を取り留めたのであります。応急手当を受けたジャピー氏は、すぐさま九州大学医学部に入院されました。なお、夫人キノエさんは出産直後の、まだ間もない時期だった事を添えておきます。

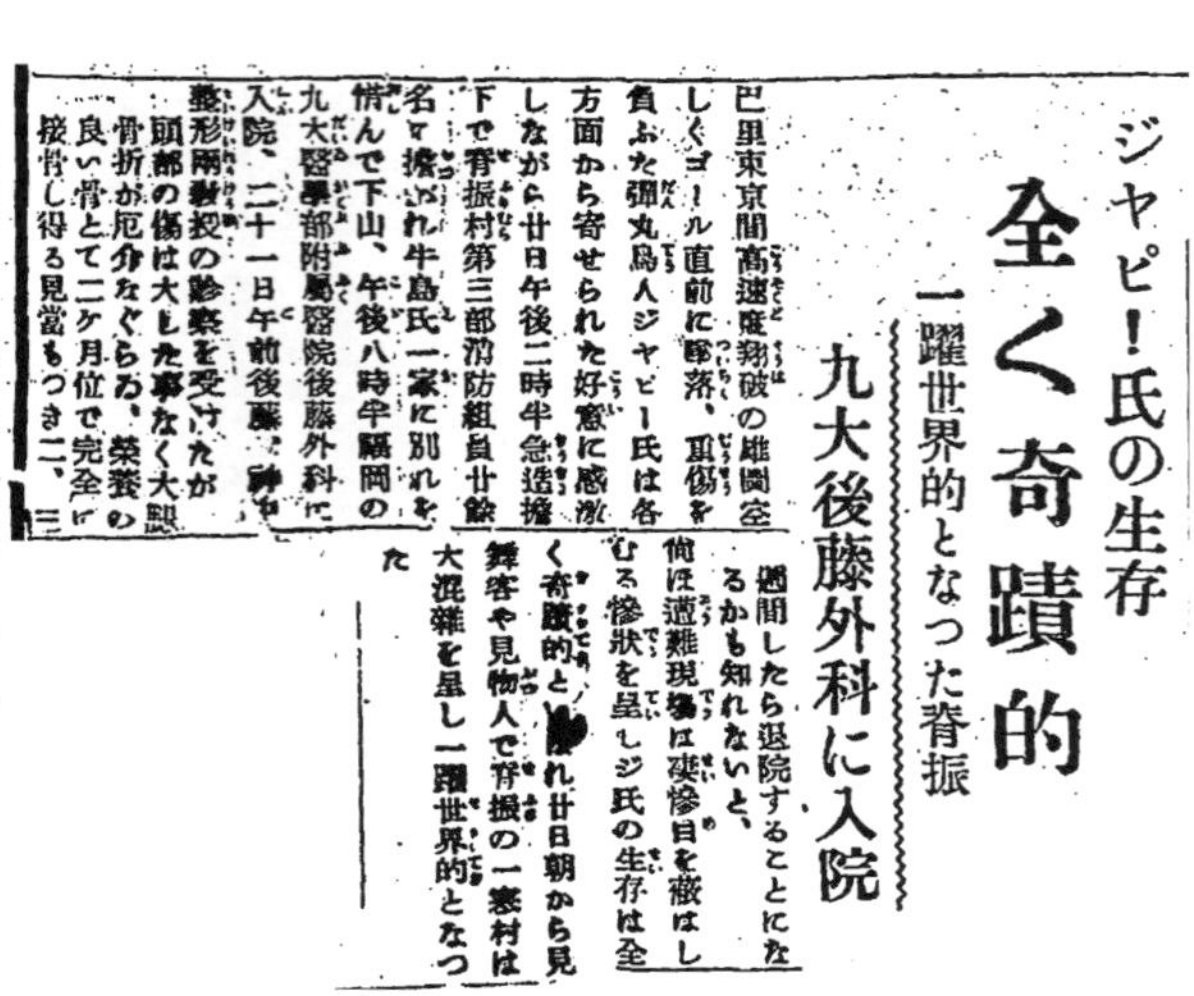

ジャピー！氏の生存
全く奇蹟的
一躍世界的となつた脊振
九大後藤外科に入院

巴里東京間高速度翔破の雄図空しくゴール直前に墜落、重傷を負ふた彈丸島人ジャピー氏は各方面から寄せられた好意に感激しながら廿日午後二時半急造擔架で脊振村第三部消防組員廿餘名に擔がれ牛島氏一家に別れを惜んで下山、午後八時半福岡の九大醫學部附屬醫院後藤外科に入院、二十一日午前後藤、神中整形兩教授の診察を受けたが頭部の傷は大した事なく大腿骨折が厄介なぐらゐ、榮養の良い骨とて二ケ月位で完全に接骨し得る見當もつき二、三週間したら退院することになるかも知れないと、

尚ほ遭難現場は凄惨目を蔽はしむる慘状を呈しジ氏の生存は全く奇蹟的と[illegible]れ廿日朝から見舞客や見物人で脊振の一寒村は大混雑を呈し一躍世界的となつた

昭和11年11月22日　佐賀新聞

当時の佐賀新聞には、11月22日、『ジャピー氏の生存　全く奇跡的　一躍世界的となった脊振』と見出しが出ていました。「…朝から見舞客や見物人で脊振の一寒村は大混雑を呈し一躍世界的となった」と書かれています。

ふたたび、子どもたちの話に戻ります。やがて夜が明けて朝になり、一郎たちは、福岡側の山道を右に見ながら、左へ左へとルートを取るのです。寒い朝ですけど、もう日暮れの心配はいりません。いくら雪が降っていても、山師の子どもたちです。辛いとか寒いとも言わず、大声で童謡、唱歌を歌いながら、歩いて行きます。とにかく大声で、「海は広いな、大きいな～行ってみたいな、よその国」雪山にはマッチしない海の歌ですが、当時はレパートリーが少ないので仕方ありません。

やがて雪が消え、脊振山の4合目まで降りて来れば、もうすぐ久保山集落です。ますます元気に声が高くなります。そして集落の人が「上から、子どもが下りて来よるぞー」と叫ぶのです。その時、一郎の母が「あらー、アンタたち、何んしよったネ。大事のあったとこれ」と言うのです。そしたら一郎が「きのう、飛行機のガーンて音がして墜落したけん、見ろうでて行ったばってん、分からんで暗ろうなったけん、西小川内の金山の洞窟におって、朝になったけん下りて来た。アー、寒かったー」と言うのです。すると母親が「昨日から大事のあっとったけん、朝から、もやー風呂の沸いとっけん、寒かったないば、早よう風呂に入らんネ」ぐらいの会話です。もやー風呂が、現代人には、とてもうらやましい限りの風呂なのです。集落全員が利用する完全混浴風呂なのです。しかも、燃料を薪で沸かすのですから、お湯がとってもやわらかく沸き上がります。体の芯まで温もり、湯冷めもしません。とにかく、わが家の子どもが山へ行って帰らず、翌日の明け方帰って来たというのに、軽く、この会話です。

久保山集落の全員が、まさに我が子の事も気づかず、顧みず、ジャピー氏の救出に携わった心の美しさにますますの感動を覚えます。それと、山師の子どもたちの逞《たくま》しさ、素朴さ、純粋さ、そして体力の強さ、現代の子どもたちに不足しているものをすべて持っている気がします。7才の五郎が久保山でばあちゃんを見た途端、火が付いたように泣きわめくのです。まるで隣の田中集落まで聞こえる位の泣き方でした。脊振山中で一郎が後方へ倒れて、一郎の頭で鼻をイヤという程打って、鼻血が多量に出た時は「おいは痛うなか、泣かん」と虚勢を張っていた五郎でしたが、どんなにか痛く辛かった事か！……それと、ばあちゃんには、思い切り甘えられるという本能が働いたのでしょう……。

翌年の昭和12年3月、脊振郵便局長の八谷源吾氏の発起で、九州大学医学部で大けがの治ったアンドレ・ジャピー氏の歓迎会が催されました。全村民が、眼鏡橋《めがねばし》のたもとに集まって来ます。どんなに遠い所からでも全員自宅から歩いて来るのですから、今みたいに駐車場の心配はいりません。また各自、ゴザやむしろ、どんごろす、こもなどをたずさえていますので、会場作りのイスは全くいりません。ここからが八谷源吾氏の仕事です。さすが脊振郵便局長さんです。まず脊振村を東西に分け、小字別に立て札を立て、眼鏡橋の所から小字の集落名を書き込むのです。この歓迎会をライブで、スポーツアナウンサーの実況中継風にお送りいたします。読者のみなさんは情景を想像しながら読んでください。

さあー、春3月、青空のもと東の方からご紹介して参ります。遠く東は辰己谷《ぼろめき》からお越しの田中さん親子、背中にゴザを背負い、犬井谷の渓谷を2カ所横断して最短距離で大峠へ出て古賀ノ尾へ登り、竜作峠を越えて藤ヶ倉《ふじがくらん》の坂を乗り越え、はるばる2時間30分の道のりであります。長男の実さんの背中のふろしきの中身はからいもをふかした物ではなかろうかと思われます。

北の方からは釜蓋《かまふた》より吉富さん夫婦。ご主人の背中にはムシロを背負ってのいでたちであります。ご主人の右手のふろしき包みは「よもぎまんじゅう」ではなかろうかと思われます。後方の奥さんは頭に日本てぬぐいの姉さんかぶりで、久留米がすりのなかなかハイカラなモンペ姿がよく似合っております。右手にやかんを持ち、まことに印象的であります。

そして西の方からは、荒瀬より佐藤さん一家。元気なおじいさんを先頭に、ご家族13人の行進であります。奥深い長者谷を抜け、杉峠を通り大作、須源谷を抜け、川原田より葉山の横を通り戸田へと抜けての行進であります。このコース高低差550mにしては下りが多く、1時間40分の道のりであります。さすが大家族、次男の次男《つぎお》さんの背中には「おひつ」が担がれています。三男の三男《みつお》さんの背と肩には干し柿がかたげてあります。会場の案内係には政所の實松伊八さんの姿も見受けられます。

人、人、人。まさに異様な雰囲気になってまいりました。どんどん村民の人出と共に盛り上がってまいります。まさに熱狂的な歓迎ムードになってまいりました。子どもたちがこの人の多さに、興奮して走り回っております。全員が大きな、よだれかけと申しましょうか、大きな前掛けのような物を着け、全く同じような綿入れの着物ですので、よその子か、うちの子か、てんで(全く)見分けがつきません。

1人ずつ紹介していたら、とても終わりませんので、立て札の小字集落名を、まず東方《ひがしがた》より順に読み上げてまいります。

　東谷　辰己谷　巽谷　小永江　大峠　犬井谷　赤石　小杉　永江　火口　古賀ノ尾

　北向　前坂　川頭　高木　釜蓋　田中　樋口　浦田　荒平　白木　逢畑　藤原　畠倒　倉谷　前田　大東　水頭　勝陣　勝陣浦　中原　浦原　小原　長谷　下ノ原　草富　川平　土堀　政所　浅谷　立石　水頭　小原　枳面　中屋敷　竹屋敷　鈴野　北向　伊福　前坂　竜作　仁田山　釜屑　堂雄　牟田石　莇迫　荒畝　荒田　平松　久保田　荒谷　勝陣浦　長谷　草畠　東小松原　中ノ原　山神　横井手　西小松原　前田　下モ向ヒ　井手平　池平浦

　これより西方《にしがた》にまいります。

　莇作　鎌葛　仁田山　藤ヶ倉　戸田　中原浦　中ノ原　川の内　大平　平尾　荒瀬

　馬場野　橋詰　平野　葉山　井ノ上　中原浦　山神　松迎　西迎　観音辻　荒平山

　弁財天　枕石　池の平　本村　頭野　長者谷　山口　尾平　杉峠　流川　内ノ川窪

　西流川　流レ川内　松平　佐古　大畑　古釜　内川久保　流川内　大作　大迎　川

原田　竹耕地　池の平浦　逢原　須源谷　犬場山　池の谷　平原　大平　川内　弁財天　硯音　辻原　荒平山　松ノ向　本村　荒谷　比良　向田　下り谷　梨谷　大楮明沓原　釈迦の元　西山　西村　井手口　西ノ原　本田　堀切　中ノ谷　大川内　萩尾　今古賀　長作　西池ノ谷　山宇土　竹ノ川内　瀬ノ谷　萩ノ尾　大野　背口山宮ノ内　呑井手　猪木谷　北谷　平　下り谷　大野　宮の内　呑井手　西池ノ谷　長作

やっと集落名を読み終えた時、自動車に乗って、アンドレ・ジャピー氏が眼鏡橋のたもとに到着しました。まず脊振村女子青年会の人たちから野花の花束贈呈であります。ジャピー氏も「セフリノミナサン、アリガトウ」と日本語でスピーチするのです。そしてゆっくり、ゆっくり歩きながら、道の両脇に陣取った人たちにお礼の言葉をかけて進んで行きます。

そして眼鏡橋を渡った途端、田舎特有の「こいくわん?」(これいかがですか?よろしければ、どうぞお召し上がってください)の総攻撃が始まります。小さなしょうけに一杯ゆがいた（ゆでた）笹栗が出され、それを食べたジャピー氏は、そのおいしさにビックリします。今度は、小皿にもられたギンナンを食べ、またもそのおいしさに驚きます。村民の方々からの温かい歓迎の言葉と「こいくわんね」で差し出される農産物の波状攻撃であります。それを青年団員の人たちが、うしろから大八車を引きながら、ジャピー氏がもらった品々を大八車に乗せて行くのですが、途中で満杯になって一度積み下ろしを行っております。

まさに、まさに、脊振村民の心の温かさが熱気となって伝わってまいります。ほとんどの人たちが、元気になったジャピー氏に届けたいという、この優しい心遣いがジャピー氏に注がれています。村民の熱狂的な歓迎に、ジャピー氏の声も最高潮に達しております。この脊振村民の喜びよう、そしてジャピー氏の笑顔、わずか6カ月前には全く考えられなかった事であります。

人垣はまだまだ永遠と続きます。墜落事故当日、小川内まで行って命拾いした一郎、二郎、三郎、四郎、そして五郎の姿も見えます。心なしか8才になった五郎がとても少年らしく、そして誇らしく見えてきます。その横にいる春子が、この半年でと

命の恩人　山師との再会で感涙するジャピー氏　画　山口十和（脊振中２年）

ても女っぽくなっています。熱狂的に「バンザイ」「バンザイ」を叫ぶ人もいます。さあ、ジャピー氏の歓迎快気パレードもいよいよ佳境に入ってまいりました。

脊振の先人、徳川権七《ごんしち》翁が掲げた教育の神髄「脊振に大学校を」、その旗印として造られた威風堂々の日本一大きな校門であります。ゴールの大校門まであと10m。そこにはジャピー氏を救出した山師の6人と警防団員4人が、今か今かと待ち受けております。しかし村民の熱狂的な姿と、「こいくわんね」「こい持って行かんね」の波状攻撃を受けていますので、なかなか進めません。差し出された野花の花束も大八車に山積みになっております。大八車もいつの間にか3台に増えています。そして、ついに日本一の校門の前に辿《たど》り着くのであります。

山師の人たちを見た途端、ジャピー氏は感極まって彼らを抱きしめ「メルシー、メルシー、メルシーボーク」と叫ぶのであります。まさに、まさに命の恩人たちとの再会であります。そこにいる山師、警防団員ともども、全員が涙の再会であります。あの重体のアンドレ氏を担いで山を下りた時、いかにつらかった事か。担がれて命を助けられたジャピー氏がどんなにうれしかった事か……。あの断崖絶壁の岩の上で雪交じりの氷雨の中、滑りやすい岩の上を上手に運んでくれた事に感謝の気持ちを込めて抱きしめるのであります。実に美しい男たちの涙であります。言葉は通じませんが、言葉以上の相通じる何かを、この男たちに感じます。そして後日の再会を誓い、涙のお別れでフランスへ帰って行かれました。

ジャピー氏を見送った後、村人たちは一斉に家路を急ぐのです。小さな道ではありますが、全員が歩く人ばかりですので、道路の渋滞は全くありません。だれも居なくなった校門の前で、山師たちは思い思いに座り、束の間のやすらぎの時を、おもむろに腰袋に入れていたキセルを取り出し、火打石で火を付け、刻み夕バコを一服するのです。キセルを下から軽く支えて、実においしそうにゆっくりとふかすのです。銘柄としては、ふきえん、ももやま、はぎ、さくらなどがあり、後でみのり、ききょうが主流となります。この緩やかな時の流れの中、満ち足りた思いが山師たちに込み上げてきます。

藤ヶ倉の坂を上って帰宅する山師の後ろ姿　画　山口十和（脊振中２年）

「だあー、暗ろうならんうち戻ろうか。きゅうは、ちゃーがっかったない（恥ずかしかったなあ）」とつぶやき、ゆっくりと藤ヶ倉の坂を上って行きます。久保山まで1時間30分の道のりです。山師たちの後ろ姿は、男の仕事をやりとげた満足感と、心地良い疲れが漂っています。無口な男ほど、背中で熱く語りかける物を感じます。

そして、今日一番居てほしかった牛島繁人先生は、お産の仕事で参加出来ませんでしたが、新しい命が脊振村に誕生しました。今日生まれた赤ちゃんの周りには、今後あふれんばかりの笑顔の輪ができる事でしょう。牛島先生が、今日仕事を選ばれた事、まさに男の美学であります。

村民の人たちが帰った後は、元の静かな山村に戻ります。この静寂の中で春を告げるウグイスの鳴き声が木々の間から「ホー、ホケキョ」と聞こえてまいります。しかしまだ3月ですので、鳴き方がぎこちなく感じられます。脊振の遅い春も、もうそこまで来ています。あと1カ月もすれば久保山分校の山桜も、見事な花が咲く事でしょう。

付記

その後のジャピー氏と余話の巻

一方、フランスへ帰ってからのアンドレ・ジャピー氏の親日家ぶりは、それは、大変なものでした。自分の住んでいるボークル町で自分が助け出された時の事を、詳しく講演して回ったのです。脊振に蘭の花が咲いていた事も、しっかり付け加えていました。東洋も西洋も、蘭の花は自然環境が最高に整った所にしか咲きません。花の好きなフランス人は、この脊振の土地、脊振の人情に、ジャピー氏の講演を聴いて感動するのです。

ところが、5年後、思いもよらぬ第二次世界大戦が勃発《ぼっぱつ》するのです。そしてフランスはイギリスと組んで、日独同盟に対抗する事になりました。すなわち、日本はフランスの敵国となったのです。ジャピー氏の心痛はいかばかりだったでしょう。察して余りあるものがあります。

他方、敵国となった日本も、あの清らかだった心は一変します。アンドレ・ジャピー氏を助けてから、わずか9年後、昭和20年（1945年）5月5日、米軍のB29爆撃機が大刀洗飛行場を爆撃しての帰途、日本海軍粕谷二等飛行士の紫電改（機体番号42―65305）による体当たり攻撃を受けて、B29爆撃機が熊本と大分の県境、大分県明治村（現竹田市）の山中に墜落したのです。

B29が墜落した現場の山中には、「太平洋戦争米兵降下地殉空之碑」があり、米兵11人と日本少年飛行兵の名が刻まれてあり、毎年5月5日、追悼法要が行われています。

12本の御霊は、今静かにこの地にあって、世界の平和と平穏を願い、そして戦争絶対反対を祈るかのように山ふところに抱かれながら、現代の私たちを見守っているような気がします。日米とも、まだ20代前後の若き人たちでした。

以上、12人のご冥福を心よりお祈り申し上げます。合掌

この「空の要塞」と言われて恐れられたB29を体当たりで墜落させた戦闘機こ

そ、日本海軍が誇る紫電改でした。当時、紫電改は長崎県大村海軍航空隊に所属していましたが、旧日本軍の南方の島の飛行場が陥落するたび、米軍はここを足がかりの基地として本土への空襲が激しさを増してきたので、大村海軍航空隊は目達原飛行場に避難していました。

ここで目達原飛行場の説明を致します。

昭和16年（1941年）春、陸軍省からの通達で、飛行訓練の基地として三田川村の高台、旧上中杖を中心として、目達原あたり一面を候補地と決めました。戦局は、日々、日本が不利になるばかりでした。そんな中で、軍の至上命令です。まず同地区の関係者一同を上峰村国民学校の講堂に集め、多数の憲兵が立ち合いの下、厳しい説明がされました。少しでもグズった事を言えば、「この非国民が、ちょっと来い」と言って引っ張られるのです。73軒あった民家は急いで立ち退くしかありません。そしてその買収、補償費は戦後紙切れとなった国債なのです。この73軒の氏名は、全員三田川町史に載っています。

そして神埼の加茂組、上峰の株木組を中心に、15組の土木請負業者とともに、三田川報国隊を中心に翼賛報国隊、国民学校上級組（現在の小学5・6年生）勤労挺身隊を各町村から送り込み、全町村の日割りの突貫工事でした。報国の熱意に加え、スコップとクワ、モッコによって、田手川より栗石を集め、それを手押しトロッコで運搬。まさしく人海戦術の熱意の結果、昭和17年3月に着工して昭和18年10月24日に完成。実に1年6カ月の突貫工事でした。

飛行場は「大刀洗陸軍飛行学校分校・目達原教育隊飛行場」として、開設され発足しました。滑走路は、落成前から使用可能となった地域で一部試験飛行が行われるほど、時局は切迫していました。やがて格納庫もないまま、満州の奉天より九五式練習機（赤トンボ）24機が到着しました。しかし3カ月もたたずに燃料確保が出来ず、飛行隊の一部はマレー半島へ転属となりました。19年7月に解散し、そのまま戦闘隊となっていました。その後、学徒の入営による特別操縦生の教育と防空の任を受けて、19年8月、第2期生として兵庫県の加古川から新編成部隊が駐留してきました。

この新編成部隊こそが、音楽大学生が多数を占めた学徒入営者たちです。当時、この分校で教育を受けた者は、陸軍特別操縦見習士官として、特攻隊員として訓練を受け、練習機（赤トンボ）での編隊宙返り、キリモミ、急降下、敵艦めがけての体当り戦法などの、厳しい訓練が続きました。吉野ヶ里町萩原の久保浩洋さんが、佐賀新聞のインタビュー（連載『刻む』）の中で話されていましたが、日曜日、隊員がよく遊びに来て、お寺にあったピアノを弾いたり、寝っ転がって世界文学全集を読んでいたそうです。音楽学校の学生だった一人がピアノを弾くと、これが同じピアノかと思うほど、美しく華麗で透き通った音が出た、とのことでした。

日本の敗色が濃くなってくると、特攻隊が編成され、目達原飛行場は「振武隊」と呼称されました。目達原飛行場での厳しい訓練から、わずか8カ月で特攻隊として操縦技能と一死報国の強い精神力を身につけて、出撃の日を待ちます。いよいよ出撃の日が近づくと、最後の生活に入ります。静かに身を清め、死への決意を固め、大君に捧げる身の美しさを冷静に見極めるため、横田の西光寺に1週間ほど宿泊し、最後の日々を送るのです。

さあ、出撃の日がやって来ました。広い目達原飛行場内では、多くの隊員や地元の人たちが、打ち振る日の丸の旗波の中を、1機また1機と次々に敵艦目指して南の空へ消えて行きました。実際、特攻で亡くなった約4、400人の半数が学徒出身者でした。映画『永遠の0《ゼロ》』にも登場するように、「兵役を免除されていた我々学生も学徒出陣の名のもとに駆り出される事になった。体力もあり、学習能力の高い我々学生は、急きょ搭乗員を養成するには好都合だったと言っている。南の空へ消えて行った若人を私達は忘れてはならない……」と。

目達原飛行場の話は、まだ続きます。

目達原飛行場を舞台にした映画『月光の夏』。

特攻を待つ2人の隊員が、田手宿大島屋での会食後、田手の大神宮へお参りに行くのですが、そこで琴古流尺八の師範梁井九郎氏と出会うのです。梁井氏は、田手の傘屋向井小太郎氏の弟で、鳥栖市田代代官町へ婿養子に行かれた方です。

当時、甥である私の父、馬場初夫が海軍でグァム島にいるという事を聞いていたのですが、グァムが玉砕のニュースを聞き、詳しく聞きたくて当時、海軍の上層部におられた田手の井上憲一氏を訪ねるため、鳥栖市田代より帰って来ておられました。しかし井上氏とは会う事はおろか、連絡さえも取れず、落胆した気持ちを鎮めるため田手のお宮で尺八を

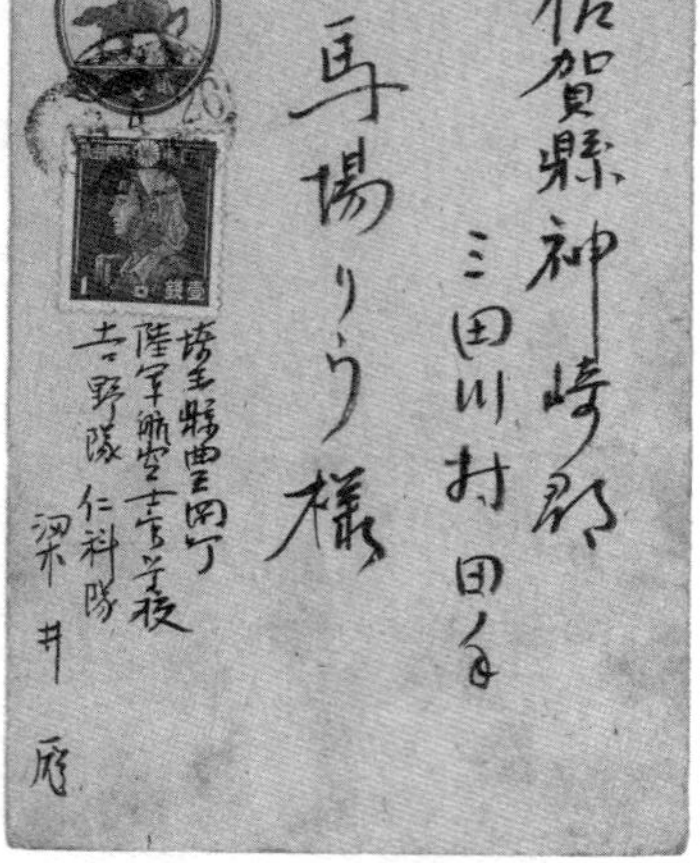

郵便はがき

佐賀縣神埼郡

三田川村田手

馬場りう様

埼玉縣豊岡町

陸軍航空士官学校

吉野隊 仁科隊

梁井

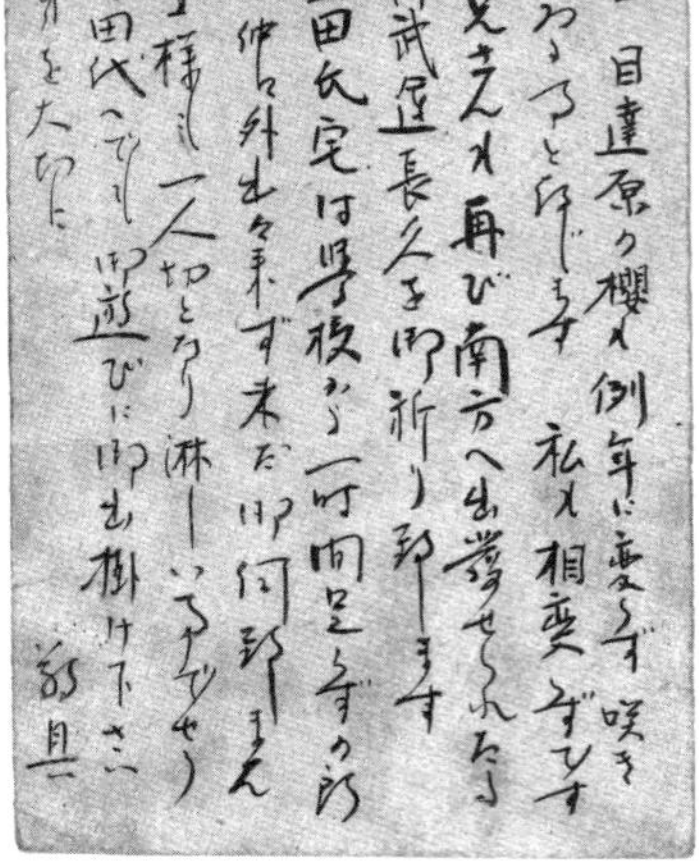

謹啓 目達原の櫻も例年に変らず咲き乱れて居る事と存じます 私も相変らずです

初夫兄さんも再び南方へ出撃せられた由

御武運長久を御祈り致します

又益田氏宅は学校から一寸間のある所です 仲々外出も出来ず未だ御伺い致しません

叔母上様も一人切となり淋しい事でせう

時には田代へでも御遊びに御出掛け下さい

御身を大切に

敬具

吹いていたのです。そこに2人のパイロットが現れたのです。梁井氏の息子も陸軍のパイロットだったので、この2人を見て、心に響くものがあったと思われます。そこで音楽の話になり、梁井氏から鳥栖市に市民のカンパで買った素晴らしいピアノがあるという事を聞いたのです。

音大の学生2人は地元の尺八の先生から、鳥栖の国民学校にフッペルのグランドピアノがある事を聞き、居ても立ってもいられず、目達原飛行場から鳥栖の国民学校まで鉄道線路を歩いて、やっとの思いでたどり着き、フッペルのグランドピアノと対面するのです。

「僕達は音大生でした。ピアノが好きで勉強していましたが、国家、祖国安泰のため断念せねばなりません。私の命は明日出撃で終わります。せめて死ぬ前に、心おきなくピアノを弾かせてください。フッペルのグランドピアノを弾けたら、もう何も思い残す事はありません」

そして校長先生の許可をもらうと、ピアノの前に座って、おもむろに両手の指を組み合わせ、右へ回し、左へ回し、前後左右と動かすのです。左右の手をブラブラ動かして、手首をほぐし、静かに息を止め、鍵盤の上にゆっくり指を置きながら、滑らかに弾き始めます。ピアノに向かって優しく語りかけるように、ゆっくり弾いているのですが、音がどんどん重なって聞こえて来ます。まるでピアノから、ふくよかな音が溢《あふ》れ出るような感じです。まさにピアノを極めた人の弾き方です。

「それでは、私の人生最後の演奏です」と言って、ベートーベンの「月光」を弾き始めます。この曲は、ピアノ・ソナタ第14番嬰ハ短調作品27の2『月光』です。ベートーベンが17歳の美しい少女に捧げたラブ・ストーリーの曲で、18分間のメロディーです。ある時は力強く、ある時は弱く、そして繊細に、また大胆に、さらには早く、またゆっくり、しっとりなめらかに、またゆるやかに、やさしく、また激しく、あるいは美しくメロディーは流れて行きます。月の夜に、静かにボートを湖に浮かべ、ゆっくりとオールを漕《こ》いで、そのさざ波が月に照らされ、波紋が映し出されます。月の光が青白く水辺を包み込みます。月の夜の情景がまぶたに浮かんでまいります。彼女への恋心の鼓動を、ピアノの調べに乗せて、美しく神秘的にメロディーは流れて行きます。月の夜の情景がピアノの響きによって見事に写し出されます。

やがて月の光が雲に隠れるように、ゆっくりと演奏は終わります。とても満ち足りた、豊かな、そして充実した18分間の小さなコンサートでした。20代の若者が今生の別れを込めたピアノの調べ、ほとばしる情熱を抑え、月の光のように静かに終わりました……。


私はピアノは弾けませんが、ピアノは持っています。お客さんからの頂き物ですが、廃品業者もあまりの重たさだったので引き取れないとの事で、馬場ボデーのクレーン車を持って行き、もらって来ました。古いけど、品格のあるドイツ製のクロイ・ツェルピアノです。

バイオリニストのルドルフ・クロイツェルに捧げたため、クロイ・ツェルと呼ばれています。ベートーベンのつけた題は、協奏曲のように相競い合って演奏されるヴァイオリン助奏付きのピアノソナタです。当時のドイツのピアノは、全般的に中音の響きがやわらかく、甘くふくよかな音がします。

　工作一級技術者として見た時、ピアノの構造は詳しく分かりませんが、材質はハッキリ分かります。触わった時、スプリングや留め金ピン、連結部のすべてが、日本の金属と炭素の含有量が違うのです。鋼鉄の質が高く、とにかく鉄が硬いのです。ですから、針金1本にしても、同じサイズでも重さが違います。これをコンクリートの上に落とした時、衝撃音が全く違います。

ドイツ製品は、澄みきったキーンという音が出ます。そして、曲げようとしても曲がりません。切ろうとして、ニッパやペンチでは歯が立ちません。それに木工技術もしっかりしています。あの黒い森に象徴されるように、木の材質もやはり、ドイツは寒いので良質の引き締まっ

平成４年撮影（当時45歳）

た木材が採れるからでしょう。大正から昭和に入ったばかりの時代に造られた国産品とフッペルは、まず重量が違います。これが決定的な音の重さに差が出るのです。

鍵盤のタッチが練り物でなく、象牙ですので、繊細な音が出せると言われます。私も、あの『月光の夏』映画鑑賞会の時、鳥栖市民や当時の山下英雄市長さんらに魂を揺さぶられて、「目達原から応援に来ました馬場憲治です」と言って、トランペットで「海ゆかば」を吹いたものでした。

碑のある風景

題字は山口流芳さん
（県書作家協会常任理事）

□17□

ジャッピー機遭難の地の碑

昭和十一年十一月十九日。その日は北西の突風が吹きすさび、小雨まじりの悪天候だった。一機の外国機が脊振山の奥深く入り込み、低空飛行でさまよった果てに墜落した。傷ついた見知らぬ異国人を救助した心温まるニュースはたちまちのうちに全世界へ広まっていった。現在の人口二千五百人足らずの"北部過疎地"脊振村の名を一躍、世界中に知らしめたのがこのジャッピー機遭難事故だった。

□□
大音響とともに墜落

アンドレ・ジャッピー氏。当時三十二歳の彼は飛行記録を次々に塗りかえるフランスきっての冒険野郎だった。日本とフランス間の特急懸賞飛行レースに勇んで出場した彼は愛機の「コードロン・シムーン号」を駆使して百時間、約四万キロの長旅へパリを立った。香港を経由してゴールの日本へと向かったのが昭和十一年の秋真っ盛り。それまでの快調な飛行がウソのように悪天候が空を覆い、ついに脊振山上空では濃霧と乱気流に進路を妨げられた。燃料不足に気づいた彼は福岡で一時着陸するため高度を低く下げたところ、機体が大きく揺れ大音響とともに墜落したのだった。

村びと献身的に救出

福岡と県境をなす。標高一〇五五メートルの県内一の高峰・脊振山。のどかな山間地帯にある山ろくの神埼郡脊振村久保山地区。冬支度に余念のない地区民たちが炭焼きや、のら仕事に精を出していた。

午後四時二十分過ぎだったろうか。この地でも珍しいほどの濃い霧の中に超低空飛行の外国機が出現。「あんな低く飛んで大丈夫じゃろうか」共同作業中の地区民が一様に空を見上げた矢先、「ドカーン」という衝撃音でプロペラの音も止まった。

「事故じゃ」地区民たちは一斉に仕事をほうり出し、墜落現場の脊振山中腹、標高九〇〇メートル地点の通称・牛ぐう坂付近に殺到した。非常事態を知らせる警鐘が地区内にけたたましく鳴り響き、どしゃぶりの中を総出で救出作業が続いた。密林の間を押し分け押し分けして捜索すること一時間五十分余

る電文を送った。これが日本の最初の、本格的な国際通信の幕開けともなった。

□□
ジャッピー氏も感涙

同村ではジャッピー氏の遭難事故を後世に伝える意味で、直後に木造りの碑を建立。墜落地点を明示している。さらにこの話題は五十二年度の文部省「小学校のための道徳指導資料」に掲載され、全国の各小学校に配布された。ジャッピー氏は翌年三月末、脊振を訪れ、再び地元の優しい心に触れて感涙した。村民の人情はいまも脈脈と受け継がれているが、木碑は四十年を超す歳月でだいぶ朽（く）ちてしまった。村内では立派な石

脊　振　村

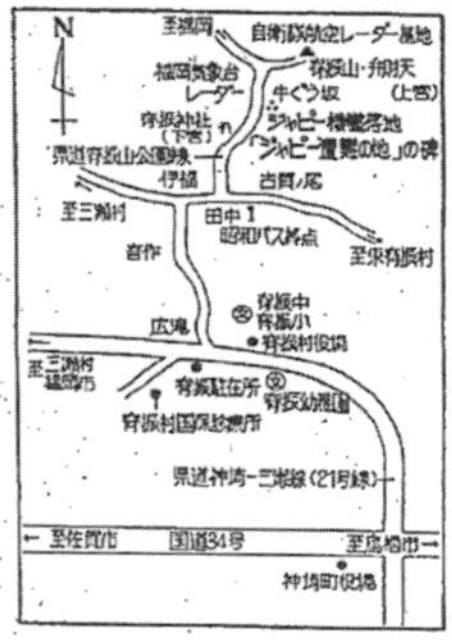

碑と人

牛島繁人さん（八一）

ジャッピー氏のことは四十四年たったいまも、鮮やかに記憶によみがえってくる。天候が悪く来患もなかったため、診療所でラジオに聴き入っていた。飛行レースのことはそのニュースで知った。近くの村人から「飛行機が落ちた」と連絡が入り、もしやという思いで現地に向かったところ、やはりそうだった。

「フランス人か」とたずねたら、うなずく返事があったので必死に治療に努めた。本当に良くなってよかった。ジャッピー氏は昭和三十九年、タヒチ島で健在だったのを最後に消息は知らない。たとえ亡くなられていても、当時を知る生き証人と子供たちの心のなかに永遠に生き続けていくだろう。

（久留米市国分町樋渡、医師）

ニュース、全世界へ

り。北西に機首を向け、左翼を下にした格好で突っ込んだ機体を発見。陣内勝次さん（故人）ら地区民六人が近づくと、操縦席で身動きのとれないジャッピー氏の姿が目に飛び込んできた。

その瞬間、地区民らはしりモチもつかんばかりに驚き後ずさりしたという。外国人を目の当たりに見ることが初めてだったのだ。しかし心優しい地区民はすぐさま機体に近寄り、左大タイ部を骨折して全身を血に染めたジャッピー氏を救出。婦人たちの差ょ出した帯とパラシュートの布でタンカを作り、山中から地区内の診療所まで運び込んだ。辺りはすっかり暗やみとなり、午後十時をはるかに過ぎていた。

こうした献身的な救出、看護活動が功を奏してジャッピー氏は奇跡的に回復した。飛行レースの行方に全世界が目を向けていたため、このアクシデントはまたたく間にトップニュースで流された。わが国はもとより世界に名だたる有名通信社が脊振に集結、村民の勇気と慈悲あふれる行為を激賞す

碑に刻て替えようとする機運が盛り上がっている。（吉富　正憲記者）

絵・藤瀬　昭幸さん（脊振中教諭）

メ　モ

◆アンドレ・ジャッピー　当時、わが国でなじみ薄かったが、フランスでは英雄的存在の人気ぶり。パリーサイゴン間を愛機でひとまたぎ（昭和十年）するなど、飛ぶたびに世界記録を樹立。これより少し前、大西洋横断飛行で名をはせたアメリカの飛行家・リンドバーグと並び称せられる"鳥人"だった。

郷土が生んだ名歌人・中島哀浪はジャッピー遭難に寄せ、「君は生けり山につばさは折れながら君は生けりさらに逐げさらめやも」「秋ごとに脊振は朱に染みいでて　君を忍わぬその雄心を」とわざわざ詠んだ。

碑の所在地は県立脊振山自然公園に通じる県道筋で、神埼町から車で約一時間。周囲に杉木立と雑草が茂り、うっかりすると見落としてしまう。

44年後に書かれた新聞記事
昭和55年（1980年）9月14日
佐賀新聞

アンドレ・ジャピー氏によってもたらされた日仏の絆は、彼の墜落から半世紀、今度はジャピー氏が最も美しいと感動した佐賀平野の黄金色に燦然《さんぜん》と輝く田園空間の真ん中に、1人の青年が突如としてフランス・パリの象徴エッフェル塔を出現させるのです。町工場の若い経営者（実は私の事ですが）が、来る日も来る日も資金づくりに駆けずり回りながらの工作でした。昭和57年（1982年）に完成した時、32歳。奇しくもジャピー氏が脊振に墜落したのと同じ年齢でした。

実物の1/16サイズで微細な部分まで忠実に再現させた、佐賀のエッフェル塔が完成した際、フランス総領事がわざわざテープカットに見えられました。総領事の名前はアンドレ・ブリュネ氏。

「アンドレ・ジャピー氏を知っていますか?」と尋ねたら「よく知っています。世界的に有名なフランスのパイロットです」と胸を張って言われました。ジャピー氏に心酔する私はエッフェル塔の展望台フロア部分に、「日仏の絆　アンドレ・ジャピー氏に捧ぐ」と記したプレートを取り付けることにしました。

その後、平成8年（1996年）10月27日には、脊振村公民館においてアンドレ・ジャピー機遭難60周年記念行事が行われ、フランスからボークール町長一行が来佐されて、盛大な歓迎会が催されました。その折、ボークール町長さんから脊振の皆さまにアンドレ・ジャピー氏になり代わり、心のこもったお礼の言葉をいただきました。

また平成25年7月25、26日には、佐賀日仏協会の世話で、佐賀市でアンドレ・ジャピー氏の朗読会が行われました。元NHKアナウンサーで軽井沢朗読館館長の青木裕子さんが見事なナレーションで国境を越えた人間愛、友情物語を熱く語られました。題名は『アンドレの翼』。アンドレ・ジャピー氏の出身地で、その後にセフリ通り、サガ通りの名前の付いた通りができたとの事です。

第二次世界大戦が勃発したのは、やはり国と国、国民と国民、市民と市民の交流が薄かったため、戦争が勃発したのではないかと思います。二度と同じ失敗、同じ轍《てつ》は踏まない！

さらには平成26年（２０１４年）10月28日、四国・高松市で開催された日仏自治体交流会議で、フランス、ボークール市セドリック・ペラン市長と、平成の大合併で脊振村が統合されて神埼市脊振町となった神埼市の松本茂幸市長がガッチリと握手しました。その後、セドリック・ペラン市長と代表団がわが街神埼市を訪問され、各分野での交流を深めました。そして友好姉妹都市提携盟約書が取り交わされ、特に文化経済の交流、相互理解、両国の平和に貢献することとなりました。これからも両市の縁や絆を大切にし、友好関係を継続していくことが重要であると相互に確認をしました。

翌年の平成27年10月25日、フランス、ボークール市へ松本市長と代表団永沼彰議長（当時）一行が訪問し、より一層の友好関係を深めたところです。

今年はアンドレ・ジャピー氏の救出から80周年、友好姉妹都市の締結から20周年の節目の年です。10月22日に神埼市脊振町で記念式典が開催される計画が進んでいます。この式典を契機に市民の交流をさらに一層深めていけば、まさに永遠の平和が訪れるのではないでしょうか。セドリック・ペラン市長と松本市長にしっかりと舵《かじ》を取っていただき、今度は市民同士が深く手を握り合いたいものです。もし脊振山へドライブされる事がありましたら、山頂近くに墜落場所の碑があり、案内板も立っています。墜落場所に立って65度の斜面を見つめてください。久保山集落の男たちのすさまじい死闘が、責任感と精神力、加えて山師の技量を感じ取る事ができます。65度の斜面は足がすくむぐらい圧巻です。

あらためて当時の脊振の炭焼き人、警防団員、牛島先生夫妻の勇気と慈愛に満ちあふれた行動に対し、佐賀県民として心から敬意を表したいと思います。同じふるさと人として脊振の山師たちの謙虚な沈黙が、たまらなく嬉しく感じられます。

終わりに際して、晩年のジャピー氏の事に触れておきます。ジャピー氏は、日本人が先の戦争で迷惑をかけたのどかな南の島マーシャル群島や旧日本軍の戦場となった南の島々で、自家用機を使い急病人の輸送や血清の搬送に尽力され、体の続く限り日本人になり代わり、償いをされたとの事です。彼は人生の最後まで、脊振の人たちの優しい清らかな心を受け止め、深く抱き続けておられた気がします……。

1974年（昭和49年）10月　ジャピー氏は祖国フランスにて永眠、享年70。合掌

「脊振ふれあい館」（神埼市脊振町）に展示れている垂直尾翼の一部

杉木立の中、ひっそりと立つ記念碑

あとがき

昭和53年（1978年）5月20日から始まった福岡市の大渇水は、翌54年3月24日まで実に287日間にも及ぶもので、最大19時間断水という厳しい日々が続きました。給水時間になっても水圧が弱く、3階以上の団地には届きません。下の階でバケツに水を入れて上へ運ぶしかありません。お年寄りにとって水運びは重労働でした。

炊事用は節水で何とか凌《しの》げますが、洗濯、トイレだけはどうすることもできません。公衆トイレはほとんどが使用禁止になり、家庭のトイレはどこも流すことができませんでした。電車等は使用可能でしたが、乗車と同時にトイレに長蛇の列ができました。この頃のことは福岡砂漠、博多旱魃《かんばつ》と言われました。

これを機に小川内地区にダム建設の話が出始め、そしてついにダム建設が発表されました。事情をよく知っている小川内の人たちは、自分のふるさと全てを福岡市民の人たちに提供したのです。その後、福岡市の方々には水不足の心配がなくなりました。

昭和53年の大渇水。あの悪夢のような287日間に及ぶ断水、洗濯ができない、そしてトイレが流せない、使えない、あのもどかしさ、つらさ…。それを小川内の人たちが解消したのです。ふるさとをなくした小川内地区の人たちのことを水道の蛇口をひねるたびに思い出してほしい…。

脊振山を中心として東の小川内の人たち、そして南の久保山、田中の人たち、そしてアンドレ・ジャピー氏、美しい人間愛をありがとうございます。脊振の山間部の人たちの清らかな心に酔いしれながら…。

42年の長きにわたって調べ、書き続けたアンドレ・ジャピー遭難記。ジャピー機墜落事故80周年を迎えた平成28年の今年、これを区切りに完結とします。長時間にわたり、このつたない文章に最後までお付き合いいただき、ありがとうございました。

「まだかんた、まだかんた」とこの物語の完結を待ち望んでおられた亡くなった脊振の内村茂氏と實松伊八氏、そして小川内の事を、詳しく、詳しくご指導くださった大石久一氏に、心から感謝申し上げます。合掌。

大石さんが一番気にされていた小川内の大杉が、福岡県のご好意により見事に移植され、残される事になりました。小川内の人達のよりどころが1つだけ残ったのです…。

この42年にわたり脊振山中を歩き回って調べ、いろんな出来事、昔話を聞く事が出来ました。その一例ですが、富士町の町史跡案内等に長野峠の近くに黒田藩の埋蔵金10万両が眠っていて、地元の方々や大学の探検部等が相当捜し回ったけど、まだ見つかっていないとのことです。私は脊振山中を、さまよい歩き続けて古文書や史跡を調べている時、一谷の関所の記録に妙な物を見つけました…。

私は、もう68才、今まで調べた事を文章に残し、次代の人に探し当ててほしいと願います。10万両、これは金貨ですので今のレートにすぐ換金出来ます。

次回作の『脊振一谷埋蔵金物語』は、あなたの感受性と思考力、そして金欲を必ずや揺さぶることでしょう。ご期待ください。

脊振の山師の行動、行程を調べれば調べる程、彼らの偉大さを感じました。事実、この事件は当時、外国の新聞にも大きく報道されました。脊振の山師ほどの情熱と気概、勇気と忍耐と体力を持った男たちが、果たして現代にいるでしょうか？

終わりにこの小説を書くに当たって協力、ご指導いただいた故梁井厖氏、中尾泰博氏、渡辺昌俊氏、吉富正憲氏、材木定氏、山口十和君（脊振中2年）、佐賀新聞社の光武一則氏、峰松洋史氏、佐賀印刷社の竹下豊記氏の諸氏に厚くお礼を申し上げます。

〈主要参考文献および協力頂いた機関〉

『脊振村史』
『三田川町史』
『東脊振村史』
『上峰町史』
『三瀬村史』
『神埼町史』
『千代田町史』
『神埼郡農業協同組合史』
『久保泉史跡ガイド』
『富士村公民館報』

『芙蓉の人』新田次郎著　文藝春秋　2014年
『陸軍少年飛行兵　特攻までの記録』
　菊池乙夫・横山孝三著　三心堂出版社　1995年

『航空実用事典』
　日本航空広報部編　朝日ソノラマ　1997年

三沢航空博物館資料

映画『永遠の０』　東宝　2013年

ウィキペディア（ウェブサイト）

佐賀日仏協会
福岡市水道局
日本航空
ＦＭ東京

〈略　　歴〉

馬場　憲治　　昭和23年９月24日　生

昭和36年３月　三田川小卒
　　39年３月　三田川中卒
　　42年３月　佐賀学園高校卒業
　　42年４月　福岡市　山一ボデー　入社
　　47年１月　山一ボデー　退社
　　47年11月　馬場ボデー　設立　現在に至る

国家資格
・職業訓練指導員・板金科・塗装科・自動車整備科・一級技能検定
・打出板金作業・金属塗装作業・店頭調色作業・２級自動車整備士
・シャーシー・ディーゼル・ガソリン・車体整備士
国家資格・その他　全部で26種目

昭和57年（1982）	佐賀県神埼郡三田川町にエッフェル塔（実物の1/16サイズ）を建設
59年（1984）	階段昇降車イス開発 法別コード No.1　特許 59-12-25-00-59-272032
60年（1985）	ヨーロッパ発明展に車イス出品（選外注目作）
61年（1986）	日仏現代美術展入選（スプレー画）
62年（1987）	〃　　連続入選（　〃　）
63年（1988）	ソビエト美術展入選（　〃　）
63年（1988）	自作の車イスで熊本の日本一の石段3,333登頂
平成元年（1989）	スペイン美術展入選（スプレー画）
元年（1989）	吉野ヶ里遺跡にて海部首相歓迎のホラ貝演奏
2年（1990）	カナダ美術展入選（スプレー画）
2年（1990）	佐賀市中央大通りに県魚「むつごろう」のモニュメント製作
2年（1990）	ル・サロン展入選（パリ）（スプレー画）
2年（1990）	ニューヨーク、アポロシアター、アマチュアナイト ホラ貝演奏
2年（1990）	ニューヨーク､バッテリーパークで落書きコンテスト､マリリン･モンロー スプレー画で優勝
3年（1991）	吉野ヶ里出土品の有柄銅剣のモニュメント製作
3年（1991）	アジアマンスアジア太平洋フェスティバル　刀渡り
11年（1999）	アジアマスターズ陸上競技、男子棒高跳び　第２位
14年（2002）	アジアマスターズ陸上競技、男子棒高跳び　第1位（優勝）
17年（2005）	零式艦上戦闘機　52型実寸大復元製作
20年（2008）	黄金の茶室作成
20年（2008）	名護屋城博物館、草庵茶室復元
25年（2013）	東宝映画『永遠の０』零戦出演（主演　岡田准一）
27年（2015）	テレビ東京ドラマスペシャル『永遠の0』零戦出演（主演　向井　理）

その他　講演回数450回以上（テーマ「一点集中突破」）

日仏現代美術展　入選作　「眼光」
剣道２段　馬場　憲治作

スペイン美術展　入選作　「一本」
柔道初段　馬場　憲治作

このマリリン・モンローの絵は、2,000枚位練習しました。絵の下手だった私ですが、今では５分間で描く事が出来ます。
この絵はポスターですので、出来れば２m位はなれてご覧下さい。

脊振山の赤い翼

―アンドレ・ジャピー機遭難記―

平成28年10月10日発行

著　　者　**馬場　憲治**

絵（表紙）材木　　定
　（文中）山口　十和

発　　行　佐賀新聞社
制作販売　佐賀新聞プランニング
〒840-0815　佐賀市天神3-2-23
電話　0952-28-2152（編集部）

印　　刷　佐賀印刷社

定価（本体1,200円＋税）